左手之思

西西 著

何福仁 編

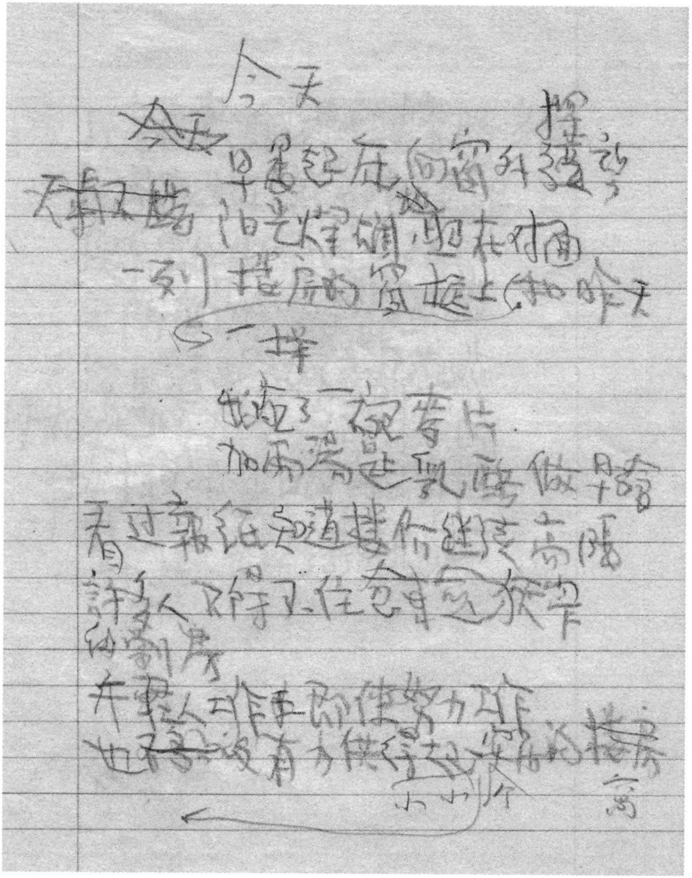

〈今天〉手稿

致
给造物者

造物者啊，我最佩服你的才艺
你設計的人類头腦
是世間無可倫比的傑作：
两隻眼睛，两隻耳朵
教導我们多聽多看多观察
一隻嘴巴，請少說廢話

你是偉大的創造者
我，穿衣禄的消費人們家
处我斗胆，可以
提一丁芝蔴般丁炅的意见？

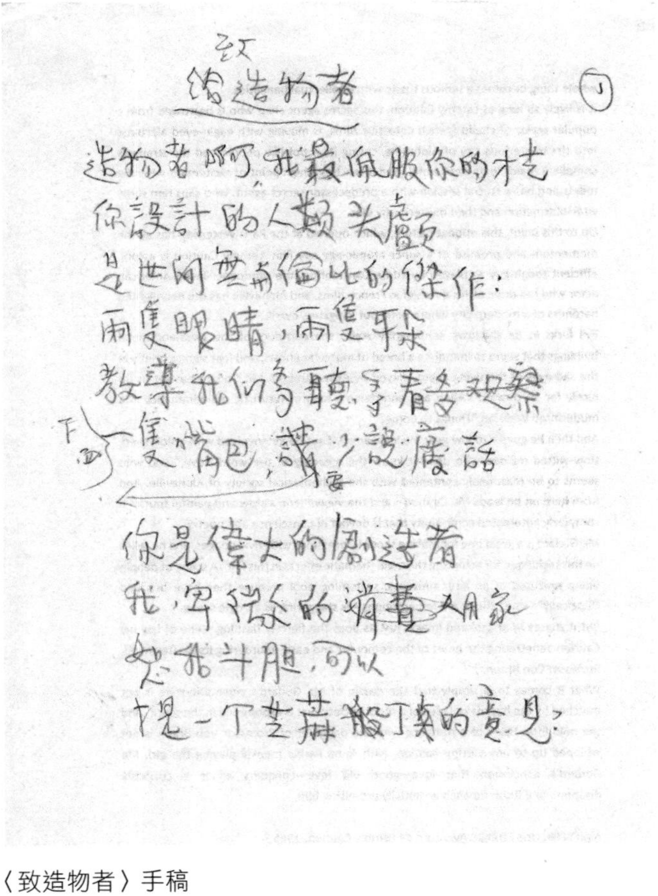

〈致造物者〉手稿

哀歌

Oh oh oh sad movies
Always make me cry
越劇《梁祝》的〈樓臺會〉
這樣唱：
賢妹妹，我想你
神思昏昏寢食廢
梁哥哥，我想你
三餐茶飯無滋味
賢妹妹，我想你
哪日不想到夜裡
梁哥哥，我想你
哪夜不想到雞啼

Oh oh oh sad movies
Always make me cry
越劇《紅樓夢》中〈問紫鵑〉
這樣唱：
問紫鵑，妹妹的詩稿今何在？
如片片蝴蝶火中化
問紫鵑，妹妹的瑤琴今何在？
琴弦已斷你休提它
問紫鵑，妹妹的鸚鵡今何在？
那鸚哥叫苦姑娘的名字
學著姑娘的話
那鸚哥也有情和義
世上人兒不如它

Oh oh oh sad movies
Always make me cry
越劇《紅樓夢》中賈寶玉
這樣唱：
想當初你孤苦伶仃到我家來
只以為暖巢可棲孤零燕
寶玉是剖腹掏心真情傳
妹妹你心中早有口不言
實指望白頭能偕恩和愛
誰知曉你被逼死我被騙

Oh oh oh sad movies
Always make me cry
哭吧，盡情地哭
女子從來就是水造的
出生和著血水

1

〈哀歌〉打字後，西西再作修改。

洗碗

你蹲在餐室的後巷洗碗

在微風之處
　你洗出了無盡無窮
飄浮的泡泡

當陽光到來
　你創造了千千萬萬
燦爛的彩虹

〈洗碗〉手稿

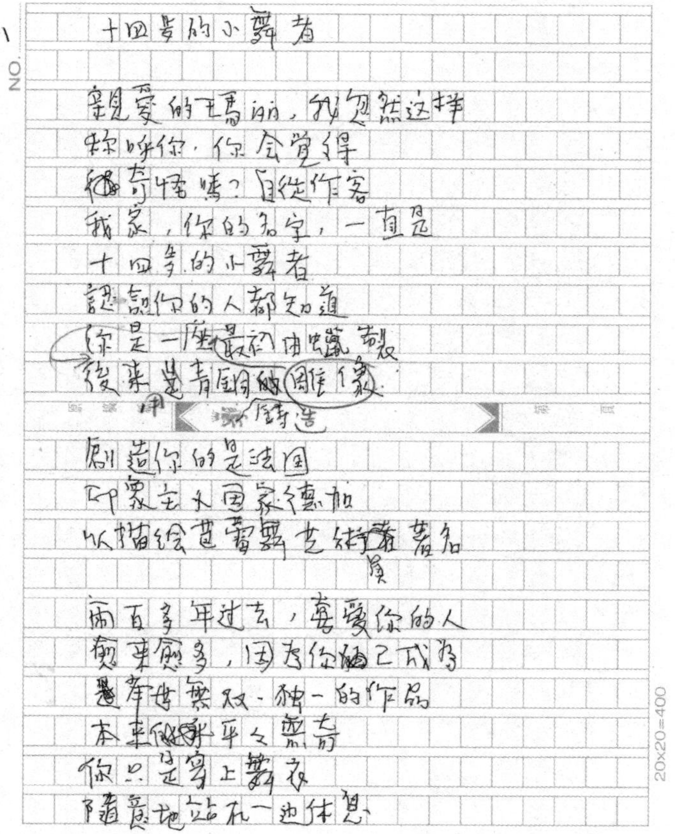
1
NO.
十四歲的小舞者
親愛的瑪麗，我忽然这樣
稱呼你，你会覺得
奇怪嗎？自從作客
我家，你的名字，一直是
十四歲的小舞者
認識你的人都知道
你是一座最初由蠟製
後來是青銅鑄的雕像
鑄造
創造你的是法國
印象主义画家德加
以描绘芭蕾舞藝術著名
家
兩百多年过去，喜愛你的人
愈来愈多，因為你已成為
举世無双、独一的作品
本来你平々無奇
你只是穿上舞衣
隨意地站在一边休息
20X20=400

〈十四歲的小舞者〉手稿

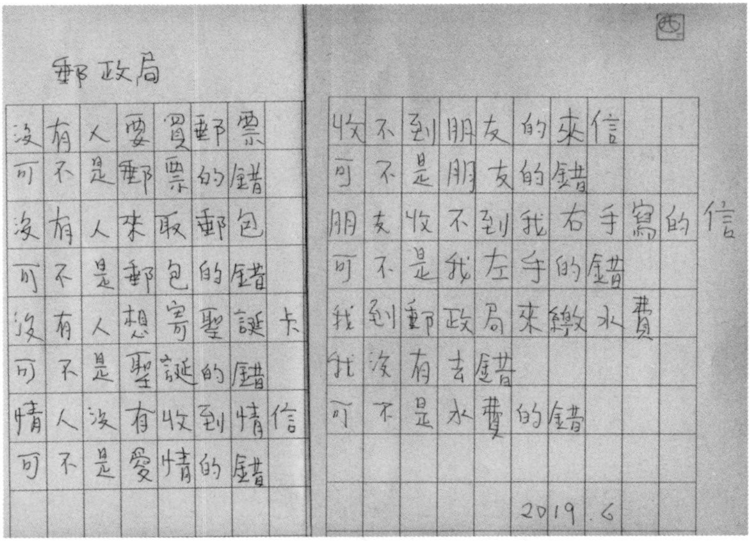

郵政局

沒有人要買郵票
可不是郵票的錯
沒有人來取郵包
可不是郵包的錯
沒有人想寄聖誕卡
可不是聖誕的錯
情人沒有收到情信
可不是愛情的錯

收不到朋友的來信
可不是朋友的錯
朋友收不到我右手寫的信
可不是我左手的錯
我到郵政局來繳水費
我沒有去錯
可不是水費的錯

2019.6

〈郵政局〉手稿

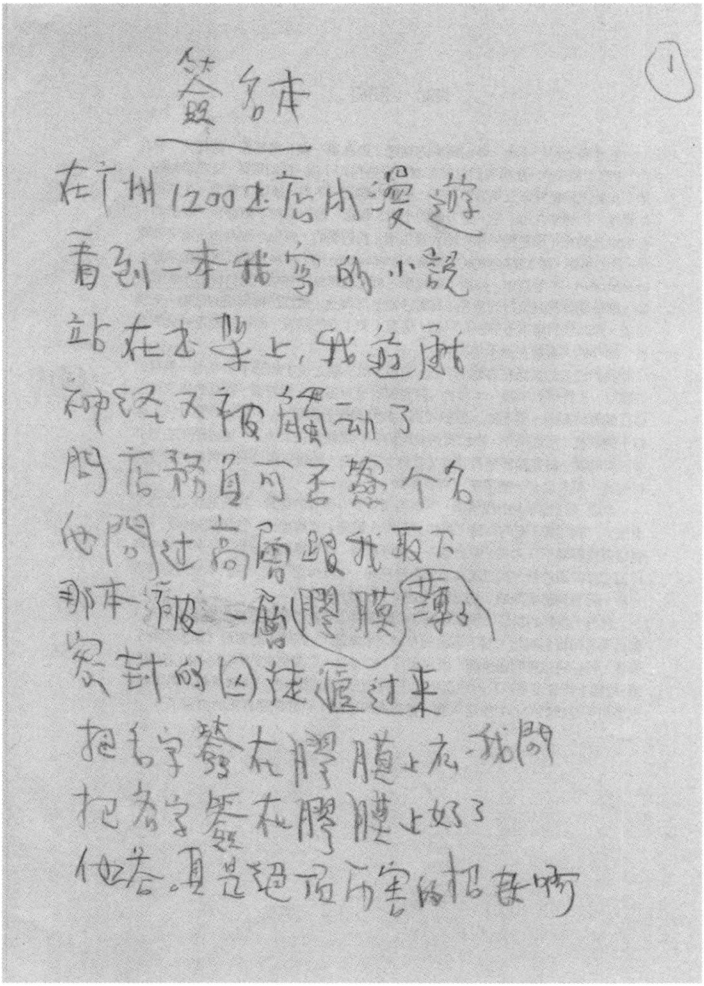

簽名本

在广州1200书店内漫遊
看到一本我寫的小說
站在書架上，我過敏
神経又被觸动了
問店務員可否簽个名
他們过高層跟我取下
那本被一層膠膜薄了
密封的凶徒遞过来
把名字簽在膠膜上嗎，我問
把名字簽在膠膜上好了
他答，真是超级厉害的招数啊

〈簽名本〉手稿

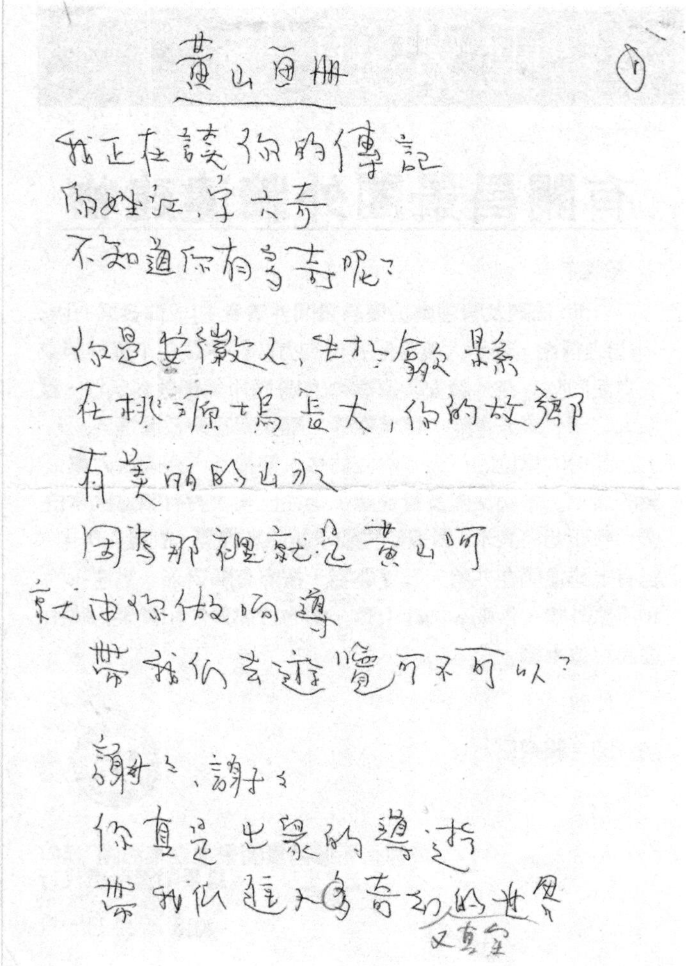
黃山畫冊
①
我正在讀你的傳記
你姓江，字六奇
不知道你有多奇呢？

你是安徽人，生於歙縣
在桃源塢長大，你的故鄉
有美麗的山水
因為那裡就是黃山啊
就由你做嚮導
帶我們去遊覽可不可以？

謝謝、謝謝
你真是出眾的導遊
帶我們進入多奇幻的世界
又真實

〈黃山畫冊〉手稿

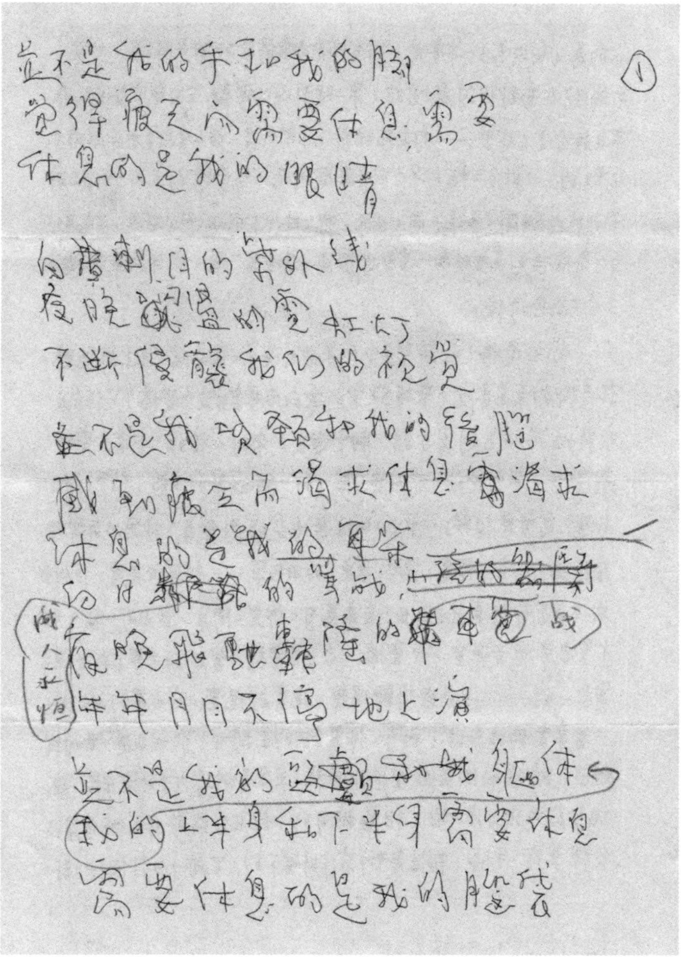
並不是我的手和我的腳
覺得疲乏而需要休息，需要
休息的是我的眼睛

白晝刺目的紫外線
夜晚閃爍的霓虹燈
不斷侵襲我們的視覺

並不是我頸項和我的背脊
感到疲乏而渴求休息，渴求
休息的是我的耳朵
白日轟隆的噪音，
夜晚飛馳轟隆的車聲
年年月月不停地上演

並不是我的頭顱和我軀體
我的上半身和下半身需要休息
需要休息的是我的腦袋

〈疲乏〉手稿

半個你

協恩中學 藍子

夜晚 霧時
霧下的感情
我看見半個你
半個你 在船上
阿米巴的靈船
幽靈的槳
我是空洞
和半個自己
和半個上船

西西的詩和木刻，有「CY（張彥）」的署名，日期也是西西寫的。

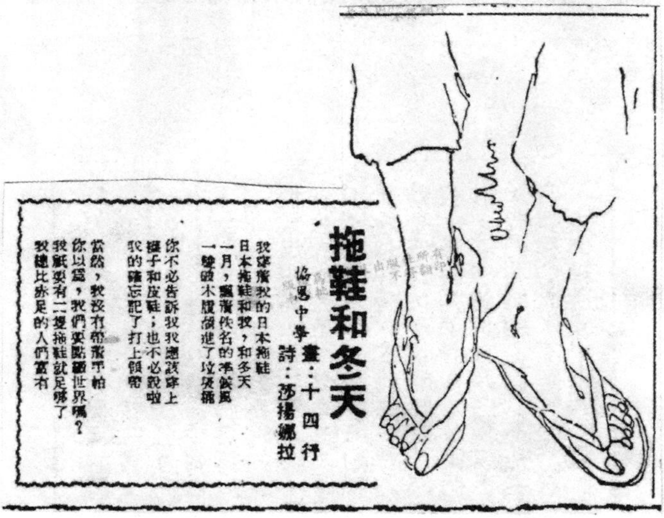

拖鞋和冬天

協恩中學 畫：十四行
詩：莎揚娜拉

我穿着我的日本拖鞋
日本拖鞋和我，和冬天
一月，飄着佚名的季候風
一雙破木屐卻進了垃圾桶

你不必告訴我我應該穿上
襪子和皮鞋；也不必說啦
我的確忘記了打上領帶

當然，我沒有帶着手帕
你以為，我們要點綴世界嗎？
我祇要有二隻拖鞋就足夠了
我總比赤足的人們富有

西西的詩和繪畫，刊於一九五九年一月十二日《星島日報》。

西西的詩和木刻，刊於一九五九年一月二十四日《星島日報》。

詩之頁

我們要寫的詩，不應該是古典主義或現代主義；我們要寫的，是詩，不是主義。我們要寫的詩，不應該是新詩或舊詩，或傳統詩或未來詩；我們要寫的，，是詩，不是歷史。我們要寫的詩，不應該是格律詩或自由詩，我們要寫的，是詩，不是外衣和大衣。詩是不分新舊，時間，形式和主義；詩祇分為好的詩和壞的詩。我們要寫的詩，就是好詩。古典的好詩是好詩，古典的壞詩是壞詩，現代的好詩是好詩，現代的壞詩是壞詩。

我們要寫的詩，不應該是古典主義或現代主義；我們要寫的，是詩，不是主義。我們要寫的詩，不應該是新詩或舊詩，或傳統詩或未來詩；我們要寫

詩之頁

西西的詩話，刊於一九六三年九月二十七日《中國學生周報·詩之頁》。

目錄

附錄：詩話

重讀西西的詩——前言

何福仁

一

西西的寫作，始於詩也終於詩。她最早發表的作品，是十四行詩的〈湖上〉（《人人文學》），一九五二年，年方十五，六十八年後她最後的作品，也是詩：〈疲乏〉，二〇二〇年，八十三歲了；二〇二二年底離世。她第一份編輯的工作，則是主理《中國學生周報》的詩頁。這許多年來，她當然寫出了更多不同類型的作品，小說、散文、藝談，等等，尤其是小說，一篇一貌，不斷創新，公認是華文世界十分重要的小說家。可從不見有人說她是華文世界重要的詩家。她也從不以詩人自居，她甚至從不自稱小說家，充其量只會說自己寫小說。至於是否成家、成詩人，她有自己的準則，並不以量計算。

我這樣說，是認為多年來她的詩相對地被忽略了。我多次聽到人說：她的小說比詩好。這種比較是口味問題，一如說喜歡咖啡多於茶，算不得真正的文學批評。評她的小說，真是連篇累牘；評她的詩，甚少。當然，詩寫得比較少，或者換一個角度，是小說寫得太好，也是原因。這本遺作之前，她先後出過三本詩集：

一、《石磬》，素葉，一九八二年；

二、《西西詩集》，洪範，二〇〇〇年；廣西師範大學簡字版，二〇一九年。分三卷，卷一收錄《石磬》大部分的詩。簡字版略有刪減。

三、《動物嘉年華》，香港中文大學出版社，二〇二二年。

加上這本遺作《左手之思》，合共四本；不計重複的，也不包括已發表惟不收入詩集的少作，大約有二百多首，說多不多，說少，其實也不少。僅就較早那麼兩本詩集，加上費正華（Jennifer Feeley）的選譯本 *Not Written Words*（二〇一六年），得何麗明之薦，她在二〇一九年獲美國俄大頒發紐曼華語文學獎（二〇一八年公佈消息），繼而獲瑞典蟬文學獎。是否可說禮失而求諸野？而歷來討論西西詩作最周全的，正是費正華在選譯本的英文前言。

一位詩評人吳念茲寫云：

日前有消息傳來，香港作家西西獲頒美國紐曼華語文學獎，引得本地文學作者、讀者一片叫好，不單因為她是人人稱讚的文壇前輩，還意味着香港文學進入了其他地區讀者的視野、獲得國際上的承認和好評。值得一提的是，此獎雖以文學冠名，其宗旨實專為華語詩人而設……。過去很長一段時間，我們會發現，西西受矚目、進入學術研究的通常是她的小說作品，其詩作則備受冷落。（《大公報》，二〇一八年十月二十二日。）

紐曼華語文學獎不一定只頒詩作，不過這一次聲明是詩獎。是的，她的詩「備受冷落」，我們要評價她的詩，卻必須重新閱讀，重新認識像她這麼一個詩作者。

因為她對詩，有自己一貫的看法，這看法，早在上世紀五六十年代形成，並且付諸實踐。

二

她談小說，談電影、科幻、繪畫，甚至談玩具，幾乎無所不談，她的社會議題，也都寫進小說裏。但她好像很少談詩，偶爾只見她對個別詩作的評介、譯述。其實不是的。這要從上世紀五六十年代說起。我們知道，她曾任《中國學生周報·詩之頁》編輯，根據她替詩頁寫的文字，大約從一九六三年九月到一九六五年五月，本書一併收錄了，對香港詩史別具意義，讀者幸勿錯過。其中為《周報》十二年報慶而寫的〈談周報過去、現在、未來的詩〉（一九六四年七月二十四日）表現一種成熟而周延的詩觀，六十年後看，仍然難能可貴。她舉了自己的作品時，謙厚地說「詩質稀薄，詩柱脆弱」。

一九六五年五月七日之後已不見，另外有人接編，編者喜歡在詩作之後加上評論賽馬的用語，馬照跑是一回事，人而當馬，在年青學生閱讀的報刊上發表，實為胡作非為，例如評也斯為「唯一冷馬」。另一次，同年十月一日，在也斯的詩〈雨中書〉後提示他「再擺脱不了瘂弦的影響就有危險」云云。且不管是否確論，仍令人老大不高興。至今仍有人誤以為這是西西的評語，西西從未予以澄清。涉事者都已不在，這裏倒不妨一正後輩的視聽。

其實早在主編《周報》詩頁之前，一九五九至一九六〇年她至少已寫過五篇篇幅相當的詩論，分十一次刊於《星島日報》，頗全面地討論新詩的分節、分行、音拍等等，引證古今中外的詩作。其時她仍在葛師實習，對新詩已有一完整的看法。這在當時，並不多見。可惜報刊不存，而掃描的文字模糊，難以卒讀。

她為《周報》詩頁寫的詩話，其中第三篇（沒有題目，文末在括號內有西西之名），時當一九六四年六月二十六日，文章雖短，香港詩史應有一筆。為甚麼呢？因為她提出 W. C. 威廉斯在英美詩壇的出現：

威廉斯說，詩是一架機器，一架機器是不sentimental的。所以，一首詩也是不sentimental的。他又說，散文也是機器，不過，散文是大貨船，可以載很多貨品。詩不是大貨船，只能載最純的東西。

〈紅木車〉不是大貨船。第一兩行叫人想爛了腦袋，depend甚麼呢，威廉斯不肯說，只說一輛紅木車，在雨中，在白小雞旁邊。這是他早期的詩，那時人家稱他「意象派」詩人，而這詩裏面甚麼也沒有，只有三個意象。威廉斯的詩都是這樣的，沒甚麼可說，實在他也只有很少的東西可說。他寫詩注重自己的形式，〈紅木車〉看起來就像碎了個瓶在地上，卻又怪整齊地排成三截一截三截。這類詩，是自由詩（Free Verse），是依照作者自己的高興而排列的，比無韻律詩（Blank Verse）更叫許多人看不順眼。

一九二二年，艾略特出版了《荒原》使所有的詩失了色。威廉斯說，在艾略特的光芒下，詩人全站不起來啦，非脫出艾略特的影響不可，於是他便努力尋求自己的路，而且，他認為美國人寫詩是學英國人的，一點也沒有自己的風采語言，便要提倡「美國風」，要寫有地方聲音形貌的詩，並且要人人看得懂（像白居易）。因為艾略特是學院派的（就是讀過很多書，很有學問，大學畢業之類），他便反對學院派的詩，說，寫詩用不着學問。

此文今天已很少人讀到，讀到也未必明白它的意義。眾所周知，自從 T. S. 艾略特發表《荒原》之後，加上他很厲害的詩評詩論，新批評又為之推波助瀾，數十年的英美詩壇可說由他引領風騷。《荒原》呈現的文明社會，其精神面貌是空虛、萎靡，一片破敗，一切崩潰，拯救之道唯有乞求宗教的信仰。艾略特的成就，對詩的貢獻，自難以磨滅，其影響也至鉅。不過，到了一九六〇年中後期，已經出現不少反對的聲音，對他偏重歐洲和英國的傳統，兼且在政治、宗教上的保守，反猶太主義，等等，都頗受爭議。他反對浪漫派那種一瀉無餘的濫情，反對華茲華斯以為詩是強烈感情的流露；認為詩人的自我（self）並不重要，而要融入歷史傳統去，那傳統，是歐洲的文化傳統。他的名言：詩不是放縱情感，而是逃避情感；不是表現個性，而是逃避個性。（Poetry is not a turning loose of emotion, but an escape from emotion; it is not the expression of personality, but an escape from personality.）（*Tradition and the Individual Talent*, 1919）他說主觀的情感，要找到適切的客觀對應物（objective correlation），不要像哈姆雷特，鎮日「To be, or not to be」，口說無憑。這些，不免令人想到王國維「無我之境」：意境、物我交融的說法。

但「無我之境」的另一面，還有「有我之境」。有我與無我，也無非是咖啡或茶。對英美另外的一些詩人來說，那種運用神話、典故，曲折、晦澀的意象，複雜以至繁瑣的結構，兼且鼓吹羅馬天主教，太保守，太學院，太不近人情了。（《荒原》四百多行，用上七種文字，大掉書袋。）較早表示反對的，即是美國的威廉．卡洛斯．威廉斯（William Carlos Williams）。西西提到他的詩作〈紅木車〉（"The Red Wheelbarrow"），只有八句，很難說是了不起的詩，重要的是威廉斯的主張：意象明晰，口語、散文化，拒神話，棄用典，生活而已。他的長詩《柏德遜》（*Paterson*），寫的是美國本土。這之後，美國產生各種各樣的詩派，黑山派、Beat Generation、紐約派、自白派，不一而足，出了無數後現代的詩人，入籍英國的艾略特，已失去至尊的地位。

西西這文寫於一九六四年，那麼早的日子！即使之前已有人提及威廉斯，論影響，無疑是以西西最大。她看到詩潮的變化，而當年的港台還是艾略特當道，至今還有不少人自覺或不自覺，奉行那種現代／古典主義。我說過這是咖啡或茶的問題，但只喝咖啡，對茶不認識也沒興趣認識，對不起，那是無知的偏好。

三

西西不見得完全認同威廉斯的主張，不，從詩話裏也可見，畢竟生活不同，語境有別。艾略特談詩的社會功能時也指出「詩比散文更具有地區性」。不過讀她的詩，顯而易見，她不同意現代主義那種否定生活、消極的思維。她也不接受那種晦澀的現代詩，她離任詩頁編輯，自言是因為對來稿太多「看不懂」。但她可沒有加以針砭，她只是堅持自己對寫詩的看法寫法，這看法寫法，可以遠溯到上世紀六十年代。從這個角度重讀〈我高興〉、〈快餐店〉、〈熱水爐〉、〈土瓜灣〉等等，翻開《西西詩集》，還有許許多多，就可以有不同的理解。就是她寫旅行，用語清晰，也不用奇怪的意象。詩中當然也有哀愁，可不是那種「社會糟透了」的哀愁。對現實生活，未嘗沒有批判，例如〈停雲〉、〈可不可以說〉、〈某名校小一收生面試現場〉，可不是歸之於虛無。她也寫現代科技，學用電腦的時候（右手尚未失靈），李白的〈床前明月光〉，化成倉頡輸入：日是Ａ，月是Ｂ，明是ＡＢ，床是ＩＤ，前是ＴＢＬＮ……收結是「李白酒醒，驚見鑾書」，說來尷尬，卻言近而旨遠，我們的文化，怎麼變成了ＡＢＣ。據傳李白生於碎葉城（今吉爾吉斯斯坦的托克馬克市），是漢和匈奴的混血兒，年輕時做過傳譯。至於〈電話〉，寫於一九八九年，卻至今是我們有事想按電話找相關部門求救的經驗：

希臘語請按1字，法語請按2字
德語請按3字，意大利語請按4字
英語按5字，俄語按6字
西班牙語按7字，阿拉伯語按8字
漢語按9字，拉丁文請傳真

大天使加百列按A字，大天使
邁可按B字，六翼天使按C字
撒旦按D字，教徒熱線按E字
上帝請按G字，線路繁忙
請稍待，線路繼續繁忙
請等候，上帝不在家，請留言

這是幽默的諷喻，令人啼笑皆非。寫一首幽默，卻反映現實的詩，豈是容易的事。又如〈詠歎調——仿十七世紀英國玄學派愛情詩〉，艾略特推崇玄學派，這是西西戲仿的情詩，不過愛情的對象是一座電腦。例子甚多，恕不再舉了。然則要是仍用現代主義那種調調去評價她的詩，並不對應，只能是咖啡與茶，從彼要求此。我們知道，某些文評家，不啻是希臘神話裏的達羅斯特斯（Damastes），他開黑店，在店裏放了一張鐵床，迫令旅客躺下，身長者斬短，身短者扯長。這鐵床，無異就是《我城》中緊按自己的標準，這裏量量那裏量量的一把尺。身材恰好的，當然提供免費食宿。

時間推前一點，當西西寫〈我高興〉（一九七五年），除了E. E. Cummings那位好玩的頑童，「高興」云云，當年要不是禁忌，那也不是普遍的態度，豈知這是突破。又例如〈快餐店〉，早在一九七六年，那是現代人的生活，卻不是現代主義的詩，沒有現代主義那種負面的情緒，而是肯定、貼地：

既然我不會劏魚
既然我一見到毛蟲就會把整顆椰菜花扔出窗外
既然我炒的牛肉像柴皮
既然我燒的飯焦
既然我煎蛋時老是忘記下鹽
既然我無論炸甚麼都會被油燙傷手指
既然我看見了石油氣爐的煙就皺眉又負擔不起煤氣和電費
既然我認為一天花起碼三個小時來烹飪是一種時間上的浪費

既然我高興在街上走來走去
既然我肚子餓了就希望快點有東西可以果腹
既然我習慣了掏幾個大硬幣出來自己請自己吃飯
既然這裏面顯然十分熱鬧四周的色彩像一幅梵高
既然我可以自由選擇青豆蝦仁飯或公司三文治

既然我還可以隨時來一杯阿華田或西班牙咖啡
既然我認為可以簡單解決的事情實在沒有加以複雜的必要
既然我的工作已經那麼令我疲乏
既然我一直討厭洗碗洗碟子
既然我放下杯碟就可以朝戶外跑
既然我反對貼士制度

我喜歡快餐店

這是一系列庶民的日常生活，用「我」寫來，散文化之用，無疑是切當的。西西告訴我，她寫過一首〈抽水馬桶頌〉，表揚抽水馬桶是二十世紀偉大的英雄，可惜不知放到哪裏，也許沖去了，一直沒有找到。

以《嚎叫》（*Howl*）著名的金斯伯格（Allen Ginsberg），這樣評介威廉斯：

如此直白和平實有甚麼用呢？或者說，把反映在平常人頭腦中的事物寫成詩歌有何目的？通常我們根本就不會注意平常的事物，我們頭腦中充滿了白日夢和幻想，因此根本看不到眼前的東西，甚至沒有察覺自己的呼吸，儘管每天都有餐桌供我們擺放食物，有椅子供我們就座，我們卻把這些事物提供的種種好處視為理所當然，絲毫沒有想到經過多少世紀的發展和完善，我們才得以享受如此舒適的就餐條件。而威廉斯則用平常人的頭腦去關注現實生活中的場景，他告別了關於天堂和頓悟的種種念頭，也放棄了想要搞點手腳來粉飾這個宇宙的種種嘗試。他回到了現實中去津津樂道也描述實際存在的種種事物，並沒試圖或多或少地改變一下這個宇宙，這個我們用自己的視覺、味覺、嗅覺、聽覺、觸覺和平凡的思慮就能體察到的宇宙。

（比爾．摩根編、文楚安等譯：《金斯伯格文選——深思熟慮的散文》〔*Deliberate Prose: Selected Essays*（1952-1995）〕）

寫的是威廉斯，可奇妙地可以移來評介西西。一九七〇年代中我參加過一份認定詩人孤高，尊崇艾略特、新批評的詩刊，做過一期的編輯，特意另外找來西西、也斯、馬若的詩，詩刊出來，即晚舉行會議，原來是對我的批判，一位創辦人對我說，西西等人的詩 trivial，insignificant。我只好聲明離開組織。金斯伯格當年就說過「No ideas but in things」。事物本身絕非微不足道，事物之必要，更不是凡詩都得搞一個 significance 才行。金斯伯格同樣寫過超市，卻不是西西那種坦率的「高興」，他是「又餓又累」地想念自己詩的教父惠特曼，想起西班牙的加西亞．洛迦，寫惠特曼戳着冰箱裏的肉，卻瞟着櫃旁的小伙子。詩有同性戀的投影（〈加里福尼亞超級市場〉（"A Supermarket in California"），一九五六年）。西西的〈超級市場〉（一九九八年）則是對這詩的回應：

雖然距離收款處頗遠
但我看不見你們，即使是幻想

老惠特曼喜歡嚐一點洋薊？
這裏沒有洋薊；沒有西瓜
所以也不可能有加西亞．洛迦
愛嚎叫的金斯堡，找冰凍的東西
鎮鎮喉嚨？誰是誰的天使呢？

四

本書共七十二首，分兩卷，按西西的詩作順序編排，都未曾出書，部分且從未發表。上卷二十三首，選自西西在學曾公開發表的作品。西西一九五七年中學畢業，進入葛量洪教育學院，一年在校學習，兩年出外實習，一九六一年四月實習完成，成為正式教師。這是分界線。西西讀書時的詩作，並不止此，她自己也有少量剪存，再經過各方搜集，我大抵都讀到，再編選。她第一首詩〈湖上〉，自言受力匡的影響。這詩反映當年的詩風：押韻，十四行詩體，懷鄉。小小年紀，對詩的形式已很自覺，「划過了水草邊划過了小橋，／可會划到我懷念的故鄉？」；「三年來在島上寂寞流浪」，文字不差，表現對音節非常敏感，並不失禮。老實說，以十五之齡，並不比前輩作家力匡、徐速遜色。她原籍廣東中山，但祖父母三代已移居上海，是以他鄉當故鄉，離開她喜歡的上海故居（看過半屬自傳的《候鳥》可知），對它的懷念，也就可以理解。錢塘江，她倒是幼時坐烏篷船到過的。接着的發表，已告別力匡和鄉愁了。

整個上卷，可說是她對詩的學習時期。她用了各種不同的筆名：藍子、皇冠、小紅花、莎揚娜拉、藍馬店、藍色尼羅河、小米素、麥快樂、張愛倫（愛倫、小倫、倫）。附上協恩中學，或者葛師的校名。這要感謝當年的報刊，不少設有學生園地，容納詩作，造就無數寫作人才。用許多不同的筆名，應是其中一位編者的提示，原因是她大量投稿，免予人她佔太多篇幅的印象。她寫詩像推着木頭車，趕詩的市集（〈趕詩歌的集〉），她往往還附上自己的繪畫、木刻（有的就有ＣＹ的署名），編者照用，可知她也頗受編者的歡迎。

一九六〇年後開始用西西，西西也會在詩裏登場。到了七十年代，則主要用西西一名。其他寫作，例如小說，或閱讀專欄，偶然也用阿果；編劇則用母親的名字：陸華珍。

這時期已可見她對詩的各種試驗。例如聲音上的：

這裏是靜的，很靜，
除了海水的喧嘩。
這裏的水花是細碎的，很碎，
除了更細碎的，更細碎的泥沙。
（〈清晨的海灘〉，一九五七年四月。）

有的，用了小說的寫法，例如〈紅磚砌成的小屋〉（一九五八年六月），詩較長，差不多一百行，敘事變化拿揑準確，顯然已相當成熟。這裏不引了。

有的，居然運用了意識流，例如〈主觀之唱〉（一九六〇年七月）：

幻及那個凌波
E是白
風琴是黑的，他說
又說及剎那存在
攜一個酒瓶之類
高更諾亞諾亞地
黑妻進帆布去了
剖下

瑪蒂斯的
艾略特的句
七十年代
再沒有甚麼可唱

這詩收結對照她稍後的〈詩話三〉，艾略特，「七十年代／再沒有甚麼可唱」。至於「他說／又說及剎那存在」，意識流到當年流行的存在主義。西西的小說《東城故事》多年來被誤讀為存在主義小說，認為西西這時期信奉存在主義云云。我在〈西西的創新〉一文，已加以澄清。她與存在主義的關係，其實沒有關係，相反，她在小說裏已有微言，表示保持距離。

〈給無邪〉（一九五四年八月）是記中學時的筆友王無邪，他們通信一年多，王教授年輕時寫詩，提倡「蜻蜓體」，西西曾有詩仿效。

〈我是個野孩子〉（一九五八年三月）寫於葛師師訓時候，出諸孩子的角度，同一時期，她寫過一個小說〈和孩子們一起歌唱〉，刊於《青年樂園》（一九五八年四月），獲徵文的第一名。寫她在唐樓的天台教學生讀書，都是貧窮的孩子，許多被認定是「野孩子」。這是香港的艱苦時期，新舊移民卻能守望相助。香港一九七一年始推行免費教育。

其中〈一個庸俗的字〉（一九五七年八月）很奇妙，當年她喜歡用「藍子」的筆名，這詩卻認為這個字用濫了，她要棄而不用，或有她不喜歡的人/物事也未可知。

總說少年為賦新詞強說愁，在學時的西西不免如此，但也不盡是無根的牽強。她中學時沒有甚麼同窗好友，在英文書院，喜歡中國文學的甚少，更因為不知好歹，在文章裏描述了學校的師生，被告誡，且受同學「另眼相看」。當年的校長免去她一半的學費（當年分學費和堂費），她是感激的；也不是完全獨學而無友。她在《候鳥》中記載有一位較她高班的師姐，這位師姐看來內斂、羞怯，難得同樣愛好文學，借書給她看，卻一句話也不跟她說，兩人只書信相通——這真是今已失去的溫柔的藝術。她說書本給她開拓了一個廣闊的天地，從此不再感覺寂寞。可不多久再見不到師姐，原來退了學，做修女去了。這所以，上卷的關鍵詞，是離別，是寂寞，成為她淺少的人生經驗裏深刻的體會。例如〈真實的故事〉（一九五七年四月），寫的正是離別，她把經驗轉化、衍演，這詩是她在協恩的校刊一首組詩的重寫。又例如〈辭一九五六年〉，她自己成為了要離別的人。

下卷四十九首，近半未發表過，詩末沒注明發表園地的即是。西西在寫作《欽天監》後期退出專欄，詩寫得最多，包括《動物嘉年華》一書在內。晚年又回到詩那裏去。她寫在紙上，任何紙上、簿上，有時在舊稿的背面，有些夾在書本裏，真當弊帚不珍。我編《動物嘉年華》時，她無可無不可，總怕別人費神。只是提出以動物為主題，為生活日益艱難的動物說話，而且找不同的年輕畫家配畫，是一本繪本，她才說好啊。

她晚年的詩，我曾借用齊白石題畫的話，說她「工夫深處漸天然」，「天然」之來，固然出於多年的工夫，更是她樸素清純的人格的表現。我說她的詩別樹一幟，像楊牧在《西西詩集》的扉頁所言：「自成一家」，別以為這是客套宣傳，詩集之前，我已聽他這樣說過。西西既久已告別五四的新詩，又不能以當下一般玄奧晦澀的現代詩觀之；不難，可又不淺，往往是從具體微細處切入，從實入虛，再化實為虛，言近而旨遠。她寫自己日常的生活，用第一人稱，寫年老，寫疾病，可不是美國羅伯特・羅威爾（Robert Lowell）、安妮・塞克斯頓（Anne Sexton）、西維亞・普拉斯（Sylvia Plath）等人的自白詩（Confessional Poetry），她沒有精神病，沒有深挖自我的傷痛，消沉而至於要自殺。以〈左手之思〉為例，傷殘多年，不僅不抱怨，還從另一面積極地、正面地看生活，看世情。本書卷二大部分作品，都出自她的左手，可說是左手之詩。她在離世前兩年，開始有認知障礙，但仍然認識詩、記得詩，一直寫到〈疲乏〉，她說：

我會懷念我的朋友
我們一起生活過的地方
我們年輕健康的日子

是的，她的朋友，她生活過的以及她的作品到過的地方，會永遠永遠懷念她。

二〇二三年四月

按：查西西讀書時的少作，頗得香港中文大學圖書館特藏的香港文學資料庫（hklit.lib.cuhk.edu.hk）之助，其中尤其感謝陳寶玲、陳澤霖、周怡玲的幫忙，謹此致謝。

又，剛讀到由葉輝、鄭政恆編的《香港文學大系 1950-1969・新詩卷二》，選了西西的詩五首：〈異症〉、〈琴和思想〉、〈C 小調〉、〈夏天又來了〉、〈在馬倫堡〉，顯然是信手拈來，比其他入選者相對地少。少不是問題，讀者明鑑，這是經過搜查，負責任的編選嗎？

卷一

湖上

朦朧的月色下我們駕舟湖上，
耳邊有誰在憂鬱地歌唱；
船槳有節奏地擊打着湖水，
岸邊有花的幽香。

划過了水草邊划過了小橋，
可會划到我懷念的故鄉？
猶記昔日故鄉泥土的芬芳，
春天裏遍野金黃的太陽。

是誰逼迫我們離開了故土，

三年來在島上寂寞流浪！
哪一年再見到錢塘江的潮漲？
月明星稀的夜晚在西子湖上蕩漾？
流水該知道我們共同的期待，
哪一年呵我們可回到久別的故鄉？

——《人人文學》，一九五二年。

我怕——

怕見你深沉的眼睛，
怕見你熱淚灑在襟前；
怕讀你傷感的信件，
怕讀你憂鬱的詩篇；
怕回顧你那塵封了的畫布，
　啞了的琴弦。

怕回憶臨別的一剎那，
當你說：
「我也愛藍天……」

——《中國學生周報》，一九五四年七月二日。

書本

敘述着甚麼是真理？
甚麼是善良？
指示出甚麼是光明？
甚麼是方向？
啟示了新生，
帶來了希望，
默默地——
可曾為自己留下一篇頌歌？

——《香港時報．詩圃》，一九五四年八月二日。

給無邪

青青的小草長遍了遼闊的平原，
淙淙的小河也在唱着它的新生之歌，
且讓我們這年輕的一群踏着輕快的步伐，
把爽朗的笑聲帶給每個寂寞的人家。

——《香港時報·詩圃》，一九五四年八月十六日。

四行五則——給朋友們

靜數星天的光條，更遠更密更亂
撇開一團紊憶，離開我，離開我
愛佇立在恆默的海礁，面向自然
探索得天宇擁有三分幽邃七分神奇

如果說偶然是海洋中的波瀾
不偶然的就是不泯的水流
如果說相逢是人海中的脈膊
不相逢的就是重演的離別

人被失敗貧乏打擊，被悲哀征服
人說人被創傷，受盡環境的摧殘

人被驕傲狂妄扶起，被野心侵蝕
人説人找到了希望，被時勢造成了英雄

人説生命是夢，夢中有洵美的樂園
在我，我的夢中有過自己的墓碑
每晚我迎接夜，預備了我的墓誌銘：
「躺在這裏的是一個不愛夢的孩子。」

以狂熱作賭注，他盲目地踏進盲目
為爭取騎士的皇冠，來自Aphrodite
在「美名」前甘作一名崇拜的奴隸
看吧！我的劍尖挑作一顆流星

——《星島日報》，一九五六年一月十日。

辭一九五六年

我是小船
你曾經是海灣

一

如今，海潮又為我
新闢了寧謐的海港
我已經聽到
它底輕切的召喚
正如你我記得
曾懇求過作我的避風塘

二

就這樣地，別了
至摯的朋友
（當潮水要把我帶到遠遠）
就讓離別——
是一份甜蜜的哀愁

三

在這分離的日子裏
讓流水把我推送
一聲祝福
一聲珍重
我為你揮一揮手

以沉默和笑容

四

我會迎着風
馳在廣闊的海上
（將是多姿多采的航程）
為了將來，我去了
懷着一份新的美麗的希望

——《青年樂園》，一九五六年十二月二十九日。

幻歌

在眼睛，不能追隨的地方
伸展着純白的泡沫，海水
彷彿已經熟睡了，有人魚
在水底吹奏着響螺；是誰
把抒情的季節撒向海底？
混合了，人魚湛藍的珠淚

——《中國學生周報》，一九五七年二月二十二日。

童心

我把被替你蓋上
我說：靜靜地睡吧
此刻外面有風
也有雨不斷地落下
就管是最寂寞的旅人
也已經回到了自己的家
但你從床上爬起來
雙手托着下巴
你的眼睛望着窗外
外面雨下得正大
你說你要出去

要越過矮矮的籬笆
你說你要沿着小徑
找尋一朵純白的小花
因為怕她被雨水侵擾
又怕夜風無情的吹打

——《中國學生周報》，一九五七年三月二十九日。

真實的故事

只輕輕地，你敲着我窗上的玻璃
我開了門，你和夜風一起進來

你說你要走；悄悄地走
你說你來，是為了一聲再見

我想把你挽留，但是
我怕接觸你那沉悒的眼

我知道你有着流浪的個性
愛上所有的水流和崗巒

我清楚你已經有了理想
並不是一個家可以把你留住

我明白你早就愛上了一個小島
愛上那裏的純樸與摯情

那末，如果你願意，就悄悄地走吧
就說：離別是一份甜蜜的哀愁

我望望窗外，外面有黑暗的網
我為你開了門，還給你一盞小燈

我看着你的腳跨過了門檻
外面有風，有雨，有濃濃的霧靄

走了，就像走進了朦朧的雲裏
無色的夜在你的足下低吟

我看着你沿着一條長而深邃的小徑
越走越遠，遠得像隱藏在山後的星星

你走了，留下了沉默，沉默是火花
縱然點不亮燈，也曾劃亮過一時的光明

你走了，向着海邊，那裏
曾經有過落日，不久又將有晨曦

——《中國學生周報》，一九五七年四月五日。

清晨的海灘

這裏是靜的，很靜，
除了海水的喧嘩。
這裏的水花是細碎的，很碎，
除了更細碎的，更細碎的泥沙。

清晨的海灘沒有人跡，
除了小孩和早起的漁人。
遠遠的礁石旁邊，
漁人挖鬆近海的泥層。

遲開的帆船已經離去，

揚起了單頁的風帆。
操着槳的船夫充滿了希望，
再一次遙望天外的海山。

有孩子斷續的歡樂聲，
為了捉到斷足的螃蟹；
波浪在他們身邊伸手，
希企從沙灘上搶得一雙小鞋。

——《中國學生周報》，一九五七年四月十九日。

一個庸俗的字

你給我寫信
用的是藍色的信箋
抒發的是藍色的情感

你慣於告訴我
藍色的海，藍色的天
藍色的美麗的世界

你為我寫一首詩
是屬於藍色的組曲
寫下了一串藍色的憂鬱

你把自己書桌前的窗
稱做藍窗；自己的詩
稱做藍詩；自己的心，藍心

你說，你愛說
藍的星，藍的月
藍色的廣闊的草原

於是，我對藍色起了疑懼
因為我再不相信自己的眼睛
從此，我遺棄了我的「藍」字的筆名

——《中國學生周報》，一九五七年八月九日。

給風

你沒有得到我的允諾，
就翻開了我的日記。

像一個愛搜秘的人，
偷偷地溜進我的內裏。

想找一個愛情的故事？
一份女孩子應有的抑鬱？

你將在整個的紀錄中洞悉，
我只喜歡一群無邪的孩子。

——《中國學生周報》，一九五七年十月四日。

尾聲

一

那末，站起來
抹乾自己的眼淚
你不準備，不願意
在子夜裏死去
當晨曦已經
是一艘近岸的船

二

那末，笑，再笑，再笑
冬天裏也有春天

是因為陽光還沒有
真正地遺棄一條小巷
你不再是抑鬱的倒影

三

那末，唱歌
你看見自己的笑容
映現在，隱隱地——
一個小孩子的眼睛裏

——《中國學生周報》，一九五八年一月十七日。

我是個野孩子

自然而然地
我學會了打架

別人説我頑皮
説我是個壞東西

紙張可以做風車
我把紙頁當垃圾

不讀書，不寫字，我貪懶
卻在地上畫東瓜

甚麼叫流浪？我不懂
我只不過沒有爸爸媽媽
下雨的日子我滿街亂跑
通溝水是我的拿手好戲

肚子餓了，我偷飯吃
在我，這又有甚麼稀奇

喂，你是你，我是我
為甚麼說我蠢，說我傻
老鼠出來，你就逃了

告訴你，大黑狗我也不怕
你說天上有月有星有雲有太陽
哈，天上除了小鳥就是飛機

——《中國學生周報》，一九五八年三月十四日。

莎揚娜拉組曲

窗子都被我關起來了
屋子裏那麼黑，那麼陰沉沉
今天晚上，可沒有一個孩子
會在傍晚的時分
推開窗子，望一望天空
看一看遠處的流水和小橋
再沒有一個孩子
把屋角的禾草堆好
躺在沒有溫暖的地上
一夜的思索，一夜的幻想
夢見那些牛啊，羊啊

牧童一面吹吹小笛，一面輪唱
不會再有了，因為我已經
背上包裹，要到遠方去旅行

鎖上大門吧，從今天起
讓螞蟻和蝸牛在屋子裏打架
讓蜘蛛爬滿屋角吧
甚麼青蔥，甚麼喇叭花
我都一起和你們別了
煙囪再不會冒出黑煙
屋簷上會長滿了小草
灰塵會封結了剝落的瓦片
我還對誰說一聲：我去了？

我既沒有朋友，也沒有愛人
我的包裹輕輕地伏在我的背上
唉，此刻我要去流浪，別問
這一個孤單的孩子吧
我的答覆只是一句：莎揚娜拉！

我的袋裏沒有一個硬幣
那末，在我門前站着的朋友
你渴望我能給你甚麼呢？
吃的，穿的，我都沒有
除了這一所破屋
有風的時候它就會倒下
你用雙手向我膜拜麼？

我也沒有一個溫暖的家
給你，給你吧
你推開門，拉下鎖
今天晚上你可以沉睡
雖然屋子裏找不到燈火
祝福你吧！不要對我凝望
我要走了，我必須流浪

我不會回來的，我已經
向這裏告別，村子裏不會
因為失去了一個像我這樣的人
感到憂愁和心碎
我走吧，我越過了

小橋，也涉過了沙洲
岸邊有小鴨在爬動
山邊有樵夫閒逸地行走
他們不知道我要到哪裏去
沒有人對我詢問
也沒有人問我：甚麼時候了
曉星是不是已經低沉
我還能留戀些甚麼？
田，松林；它們都不認識我

這是誰的屋子呢？
我感到這麼的熟悉
我不該經過這一條小路

窗子裏的人還在安息
多少的日子啊，但已經過去
我曾經徘徊在窗子的下面
只為了等待一聲應許
只為了見一見她的笑臉
但是，我這麼地貧窮
我只有一支小笛
如今我卻孤獨地把它背上
不再讓它在窗下悲泣
我也不會再回到這裏來了
我不會再在窗下吹口哨

是你麼，孩子？

你為甚麼阻住我的去路
問我：去哪裏？
我不知道，我不清楚
不要留我，我不屬於
這一個村落，我只會
給你講一些西瓜的故事
我只會告訴你甚麼是蘆葦
孩子，我要走了
我要到遠方流浪
不要對我哭，我給你一支小笛
你會很快地學會唱歌
我看你一路回去吧
我看着你快樂地回家

我走了，我來的時候
沒有人知道
我只要踏上山邊的石級
沿着遍地的小草
繞過山腰，從今以後
我再見不到我的破落的小屋
我再不見這裏的山，河
這裏的樹木
不要流淚，不要流淚啊
我的眼睛為甚麼濕
我為甚麼獨自地抽泣
沒有人對我揮手的
走吧，空着手，走吧

村落，屋宇，莎揚娜拉！

——《星島日報》，一九五八年五月五日。

紅磚砌成的小屋

沒有人在這裏築起一座城堡
沒有西班牙式的長廊，哥德式的拱門
這裏有一望無際的松林，一望
無際的草原，有一條幽謐的支流
兩岸雜生的叢草，已經看不見
那些白色的碎花，把自己的舞姿
停留在粼粼的河面，已經沒有
蜿蜒的蝌蚪，寄生在青苔的石下
這裏只有紅磚砌成的小屋
樓下鑲着二扇田字的窗扉
樓上戴着煙囪的帽子，讓我

輕輕地告訴你吧，年輕的女孩子
就住在西面的閣樓，如果你趕着
一群鴨子上路，「閣閣」的聲音
會使小窗子突然打開，你就會
看見她呀，她還是束着髮髻
插着玫瑰的花瓣，她也許對你
笑笑，喔她笑的只是因為你穿着
花花綠綠的衣裳

她不會拋下
一朵花的，她並不是第二個
朱麗葉，你也不是羅米歐，不是麼？
你很快地就會經過她的屋子
你聽見她關上窗子的聲音，聽見

一串鈴鈴的笑語，你望一望
一片紅磚的牆壁，屋角長滿了
野花，窗子都垂下土布的白幃子
煙囱開始冒出了一片濃霧
你趕着鴨子走了，牠們又搖
又擺，像宮殿裏驕傲的宮女，抬起頭
望着天走路；你把鴨子趕進
河裏了，水花的飛濺，短草的抖動
你都看不見，你只坐在河邊
想着，想着，那一扇閣樓的窗子
那個女孩子的髮髻，那些笑語
喔那些濃煙，那紅磚砌成的屋子
鴨子在河上浮着，遠處有人

來了，誰呢？
「你早你好祝福你」
年輕的孩子急急地說話，陌生的
客人也道了有禮的致意，他說
喔倦了，坐下吧，我走了許多的路程
這裏有樹，你是到這裏來釣魚？
不不，年輕的孩子指指鴨子
他們就開始了不着邊際的傾談
你不是這個村子的人吧，對了
我是從山後的山後的山後來的
經過了有橋的小河，沒橋的小河
這裏是不是平村，我找平村的
人家，一間紅磚砌成的小屋

那末你向西，再向東，再向西，再向東
在樹枝密密的陰影下，你就會見到
紅磚砌成的小屋，嗳那裏的女孩子
真美麗，住在閣樓的頂上，往往
打開窗子，看看村婦穿着
紅衣服，白圍裙，採摘野生的菜葉
她白髮又長又細，編成了髮髻
她的笑臉太甜蜜

我要走了

陌生的客人拍拍身上的草枝
喔再見，再見，我要走了，去到
那間紅磚砌成的屋子。朋友

等一等，我想請你一件事，成嗎？
帶二隻肥肥的鴨子，送給那個
女孩的媽媽，你認識那個胖胖的
婦人？是的，她是屋子的主人
但是，我去的時候，帶着鴨子
怎麼說？你說，你說，我喜歡女孩子
啊謝謝，請請你，好不好？陌生的客人
睜大了眼睛，啊他說，那個女孩子
就是我的未婚妻，我正來接她
到我的家裏；再見再見他說
匆匆忙忙地跑了，噯年青的孩子
獃獃地站在河邊，鴨子在游水
他站呀站的，太陽落下去了

他才趕着鴨子，慢慢地回去
經過紅磚砌成的屋子

一輛
馬車馳過他的身邊，一串
女孩子的笑語，馬車的小窗
打開了，探出一個頭來了誰呀
她哩！她坐着馬車去了，和一個
陌生的客人；馬車去遠了，留下
一條車輪的痕跡，紅磚砌成的
小屋呀，煙囱正冒着煙哩！牆壁
的下面正長滿野花；鴨子在路上
搖搖擺擺地走着，紅磚砌成的
屋子的前面，正站着一個胖胖的

婦人；喂你，年輕的小伙子過來
你的鴨子怎樣了？下個星期的
第三天，我的女兒回來啦，你替我
送二隻肥鴨子來吧，肥肥的
下個星期第三天；門關上；年輕人
望望樓上的窗子，關上了，關上了
第三天很快地就到了，並沒有一個
年輕的孩子帶了二隻鴨子
走進那所紅磚砌成的小屋

——《月華詩刊》，一九五八年六月。

趕詩歌的集

我推着空空的小木車
小木車和泥土哼着，叫着
我推着獨輪的小木車
我來趕詩歌的集

史詩，故事詩，詩劇
抒情歌謠，散文詩
熱鬧的詩市

我來趕詩歌的集
我推着空空的小木車

我推着獨輪的小木車
小木車和泥土哼着，叫着

我在詩市掛上招牌
「送你最超卓的詩節
不收你一個硬幣。」試試麼！
如若你願坐上我的小木車
經過河畔和叢林

——《星島日報》，一九五八年十二月二十七日。

造訪

輕輕的輕輕的柏油路回聲
一顆星在我的面前引路
都已經睡了，都已經做夢
一盞大燈，一盞小燈

我帶着我的畫冊找你
當我的詩歌已經冬眠
就談談速寫和素描好了
用力寫一些有趣的東西

牆角長着小花哩，地面

有着青青的草葉；此刻
你應該還沒有入睡
劃一支火柴，再抽一支煙？

——《星島日報》，一九五九年一月七日。

拖鞋和冬天

我穿着我的日本拖鞋
日本拖鞋和我，和冬天
一月，飄着佚名的季候風
一雙破木屐溜進了垃圾桶

你不必告訴我我應該穿上
襪子和皮鞋；也不必說啦
我的確忘記了打上領帶

當然，我沒有帶着手帕
你以為，我們要點綴世界嗎？

我只要有二隻拖鞋就足夠了
我總比赤足的人們富有

——《星島日報》，一九五九年一月十二日。

不眠和夜

在我的寂寞的王國
我和夜，和不眠，和冬天
一起唱歌，唱歌

靜歌屬於沉默
不點燃紅色的蠟燭了
我憂鬱地思想不已

世界用手推開我
我用手推開世界
我背向有光的小窗

這個地方很冷哩
我和床，和枕頭，和黑暗
唉冬天！夜啊，不眠

——《星島日報》，一九五九年一月二十四日。

塑之感覺

所以我喜歡石塊了
排列在那裏
它們可愛

以沒有眼睛的面看我
　　凹凹凸凸的
　灰灰麻麻的
又不知對我說些甚麼

給它們腳，站住了
給它們孩子，引來了母親

飄忽的意象們
召喚它，就來
只留下一個意象
就留下了塑我的母親

——《星島日報》，一九六〇年三月十九日。

主觀之唱

幻及那個淩波
E是白
風琴是黑的，他說
又說及刹那存在
攜一個酒瓶之類
高更諾亞諾亞地
黑妻進帆布去了
剖下
　　瑪蒂斯的

艾略特的句
七十年代
再沒有甚麼可唱

——《中國學生周報》，一九六〇年七月二十九日。

垂垂的草

垂垂的草
他們把它編着結着
在大街上

扁帽子
在大街上
他們把它編着結着

買一頂草編的扁帽子
那些草垂垂的
送它給結辮兒的西西吧

送它給結辮兒的西西

扁帽子怕風
繞一條粗粗的綢帶子，西西
蝴蝶去飛呵

瞿麥田空空的
蒲公英飛得好遠好遠
去稻草人睡熱的田邊吧，西西
拔起許多黃黃的野菊
掛在垂垂的草上

——《中國學生周報》，一九六〇年十二月三十日。

卷二

琴和思想

依樣的降Ａ小調
依樣的波蘭舞曲
依樣的馬蹄的雜踏
依樣的蕭邦嗎

高高低低的蝌蚪群
它們永遠也不能變作青蛙
所以哲學家們寧願去流浪

聲音，符號，時間
我們陌生得很

十字街頭
沒有路通向羅馬了

——《香港時報·淺水灣》，一九六一年四月十九日。

C 小調

西西到雨港去
在夏天
去買紅紅的大草帽
去買可以掛在牆上的維納斯

西西不愛唱歌
不愛斑鳩的小調
西西不愛高克多

西西喜歡雨港
大詩人小詩人的雨港

在夏天
西西到雨港去
去看看大大小小的詩人

——《香港時報·淺水灣》，一九六一年四月二十二日。

列島

去去去去　一群列島　一群列島
我到一群列島　一群列島
拾貝殼。海盤車轉轉呀　我去尋找一條沉船
沉船美麗　沉船是睡了

海盤車轉轉呀　薔薇珊瑚紅得怪異地
抱着「吉他」的水手醉在西班牙金幣下面
西班牙金幣不喜歡太陽
沉船也不喜歡太陽

魚兒來瞧瞧熱鬧　傻鯊魚也來瞧瞧熱鬧

瞧那刺玫瑰花的肥手臂
「吉他」獨個兒　喝醉了海水　浮上來
「吉他」浮上來　和我一起　去去去去

我撿起一個「吉他」　自己唱自己的歌
　到一群列島　一群列島　拾貝殼

——《中國學生周報》，一九六一年十二月二十九日。

羅馬街・一九四六

那是鴿鴿　那是炭炭
就在鴿鴿上面　炭炭上面
天空不肯藍

還是那年的風景呀
小小的早晨　胡琴風笛們
呼呼叫；一瓶一瓶的螢火
迷藏掉
紅玫瑰還是只開了一個小小的早晨

這是很新鮮的　在羅馬街
這麼早　已經把新聞

編好
就是沒有誰解釋過
最有歷史性的
理髮店　捨得把大鏡子晃成
碎片；一個波希米亞風采的
咖啡壺　怎麼塞滿了一肚皮
泥土

據說　馬利亞的陽台古老
小把戲ＡＢＣＤ的屋子　太吵
誰也沒有明白　過一條街
變形得這麼快　又是甚麼人
這麼現代

小小的早晨　肥老闆坐在一塊磚上
嗚嗚　且哭哭　一瓶白蘭地
且哭哭　一鍋子粟米
且再也沒有甚麼可以哭哭

要的要的　要問問一團漿糊的
招紙貼在甚麼牆上面
有甚麼牆不倒
有甚麼東西還可以廣告

天空總是不肯藍
煙花煙花　風暴風暴

——《中國學生周報》，一九六三年七月二十六日。

狗和西西

那條狗
我曾經那麼喜歡的
不存在了

我說的不存在
和祁克果說的不存在
有甚麼相干呢

相干不相干
喜歡不喜歡
那條狗

曾搖着尾巴
對我低鳴
存在過的
不存在了

——《小説文藝》，一九六五年。二〇〇五年改。

編按：「祁克果」原為「祁克伽」；「那條狗／曾搖着尾巴／對我低鳴」則為後加。

他們

那日空中浮着雲層
有聲波來自未名的地方

——他們會怎樣
——我不知道
——他們會不會
——我不知道
——他們也許會
——我不知道
——你見到他們
——見

——在哪裏
——城裏
——在做甚麼
——站着
——說些甚麼
——一聲不響
——瞧些甚麼
——一眼不看
——幹些甚麼
——一事不行
——他們看見你
——沒有
——你怎麼知道

——猜的
——為甚麼這麼猜
——因為他們一聲不響
——且一眼不看、一事不行
——對
——他們都一個個人
——對
——為甚麼要一個個人
——他們老是這樣的
——為甚麼要老是這樣
——他們都是獨行盜
——盜甚麼
——孤獨

——為甚麼要盜孤獨

——我不知道

——他們不朋友起來

——不

——為甚麼不

——獨行盜是不朋友起來的

——孤獨有甚麼好

——孤獨是一幅隔聲的牆

——隔聲的牆

——孤獨是一個真空的瓶

——真空的瓶

——那就是孤獨

——那是指

——斷絕交通
——人來人往
——孤獨是十字路口的紅燈
——紅燈亮了
——對
——他們停在那裏了
——對
——他們不移動了
——對
——時間流不流
——我不知道
——他們卻停下來了
——對

——不再移動了

——對

——終止了

——對

——怎麼會這樣的

——因為紅燈亮了

——紅燈會不會轉色

——應該會

——紅燈甚麼時候轉色

——我不知道

——紅燈本來轉不轉色

——轉

——紅燈為甚麼不轉色了

——電流呆住了

——你怎會知道

——猜的

——電流為甚麼呆住了

——發電廠出事了

——出甚麼事

——所有的電流斷絕了，只剩下紅燈的

——有這種事

——有

——沒有這種事

——沒有

——有這種事

——有

——到底有沒有

——我不知道

——電流斷絕了

——對

——只剩下紅燈的

——對

——別的燈都不會亮

——不會

——綠的燈不會亮

——不會

——黃的燈不會亮

——不會

——連準備的觀念也不存在了

——對

——如果剩下綠燈亮，那怎樣

——我不知道

——但剩下的是紅燈

——對

——只有紅燈才亮

——對

——只有紅燈會亮

——對

——如果發電廠不出事，電流不會斷絕

——對

——如果電流不斷絕，紅燈應該轉色

——對

——如果紅燈會轉色，交通不會斷絕

——對

——如果交通不斷絕，他們不會停下來

——對

——如果他們不停下來

——他們不會一聲不響

——不會一眼不看

——不會一事不行

——那他們會怎樣

——我不知道

——他們會不會

——我不知道

——他們也許會

——我不知道

——但只剩下紅燈的
——對
——發電廠在哪裏
——山上
——山怎麼了
——和發電廠一樣了
——發電廠怎麼了
——塌了
——為甚麼塌了
——牆裂了
——牆為甚麼裂了
——裏邊焚燬了
——裏邊為甚麼焚燬了

——廠着火了

——廠為甚麼着火了

——中了彈了

——甚麼彈

——核彈

——你怎麼知道

——猜的

——哪來的核彈

——天上掉下來的

——天上哪來的核彈

——地上轟上來的

——地上哪來的核彈

——天上掉下來的

——天上掉下來的，地上轟上來的核彈，哪來的

——人造出來的
——誰造出來的
——許多人都造的
——因此有許多的核彈
——對
——核彈要來做甚麼
——好轟到天上去
——誰轟
——許多人都轟的
——誰先
——我不知道
——怎麼開始的
——我不知道

——許多人都轟的
——對
——你怎麼知道
——因為所有的十字路口都亮着紅燈
——那是說
——所有的交通都斷絕來往
——那是說
——所有的人都停了下來
——燈會不會轉色
——我不知道
——時間還流不流
——我不知道

——《盤古》，一九六七年四月。

風景

總是這麼樣
升起一天的煙花

給公園以奇異的一枚菌
一銅盆的雲
一個無從藉以冬眠的繭
呃　一把發光傘

試把答案填在下列的空白內
我喜歡一棵樹
我喜歡一座山

嘿嘿
我喜歡一條河
我喜歡一艘船

就是這麼樣
落着奇異的一場雨

草坡上午睡着一條鯨
此刻是白晝
有鐵鏽的圓環滾過山澗

傻孩子仍坐在屋脊上
拔下一頭不知名的鳥的翅

糊在風箏上
叫它飛

——《中國學生周報》，一九七三年十二月二十日。

吾在菜市

飛蝗在天
人蝗在田

啊啊
還是先喝一碗豆漿再說

烏腳雞重斤一兩
甚麼甚麼時節
又紛紛雨了

今午吾吃魚
魚目目天天不語

吾不反對魚吾吃
該蘿蔔紅該白菜青
花朵與雞蛋不可兼得
阿誰掌執一桿秤
葱們不曉得

啊啊
還是先喝一碗豆漿再說
煙漫城內
油竭塞外

——《中國學生周報》，一九七四年四月二十日。

耶路撒冷以外——記大嶼山之旅

我們曾步過這些村落
那一天的正午
燒焦了
經過殺戮的土地
枯槁的樹木
掙扎着攀天的手臂
你們向我要求一杯水
你們這忠實的子民
我是如許的不願意
使你們失望

一片大的
暗晦的雲
向這裏飄過來
帶着濕氣的風
吹透我們的疲倦
滿山都是可走的小路
路的盡頭又將會是甚麼？

（我站在岸上
看着眼前的河流
我看到那些曾犯錯誤的人
一個跟着一個
向我道別

接受我的祝福之後
手拉着手
隨着流水
流到天上去了
化作一條很長很長的天虹）

天空沒有那片雲
我們還得趕我們的路
山的外邊
應該是耶路撒冷吧！
為甚麼還聽不到
歡呼聲？
是我們沒有騎驢子來嗎？

或是
那棕樹還沒有來得及開花

四周如常的沉靜
山之外
還有山
我隱約看到了
撒旦的影子
迎這邊走來
(來吧！撒旦！
如果你真的是魔鬼
你就來試探我吧！
今天

今天將是我最脆弱的一天
我不需要整個城市的財富
我只要求一杯水
來滋潤那四個飢渴的小口）

我帶着你們
一路祈禱着
我聽到你們埋怨之聲
呀！你們沒有信念的子民
你們開始懷疑了嗎？
你們得提防
飛翔的麻雀
會偷去了你們心中

僅有的種子

太陽在我們的頭頂
曬得我們遍身通紅
我們沿着先前走過的路
走回我們來的地方
山外沒有耶路撒冷
也沒有水
也沒有棕樹
也沒有可供代步的驢子
我們也嘗試堅持
在海上步行了一段時光
後來

決定折回頭了
我們重回那村落
重回那因意氣而出走
的家園
看到父親坐在椅上
對着那憤怒的容顏
我們只能報以笑臉
（如果他們沒有歡迎你的來臨
在你離去之前
就輕輕拂掉
那沾染在你身上
屬於那座屋子的塵）

當我們步出那村落
我們就遠離宗教
再沒有天主和
魔鬼的遊戲
我也再沒有我的子民
我們只是披了消毒外衣的人
惶恐地
在這罪惡的城市中打滾

六月十一日凌晨五時

——《中國學生周報》，一九七四年七月五日。

翻着一本有關室內設計的畫報

我颼颼颼颼翻過去
有時偶然停下來
看一個字母上有兩個圓點如一頭青蛙
有時我細看一隻鮮橙色的浴缸
起先我還以為那是會唱歌的潛艇
從一道旋轉的木梯走下來
那邊是餐廚房
我還以為是銀器店
在煎鍋和陶缽之間
垂着一隻黑白條子紅白點子的大手套
如果我把一盆仙人掌擱進爐裏烤一陣

它或許也同意綻一朵黑色花給大家看看的吧

大都會那邊匯過來的一個郵包
以瓦通紙盒牛皮紙粗麻繩包裹好紮好
裏面是一層紅屋頂的平房
座落在白菊的青草地上果然很好看
這一頁是廣告
可以把自行車摺疊起來掛在門背
也可以把果園種植在布簾上
這一頁仍是廣告

有一鋪床是設計在壁櫥的頂上
櫥裏坐着布穀鐘和瓷豬　打字機

木偶　玻璃彈子　罐和一杯顏色筆
和一隻叫做墨水的瓶
趕明天　房東攆我到街上
我看我依舊扮個鬼臉算了
這並不等於天又塌了下來
我何不到我阿爸睡的公園去
也造起一個大櫥
就睡在櫥頂上數月升月落
並且還可以把螞蟻　帆布鞋　書包
蝴蝶　帆船　鳥　稻草人　叢林
溪澗　火車和公路　都放在櫥裏

——《中國學生周報》，一九七四年七月二十日。

看畫

這些畫是誰畫的？
李察·林德納
法國畫家吧？
不，父親是德國人，母親是美國人；後來入了美籍
現代畫家？
可以這樣說，作品是現代的
人呢？
一九〇一年生，很特別的一年
怎麼特別？
杜浦飛是同一年，達里呢比他們年輕
杜浦飛是誰？

精彩的畫家
達里呢？
畫家，明星
他怎麼年輕法？
是一九〇四年
這個林德納，是甚麼派？
普普
普普是甚麼？
普通的普普
受甚麼人影響？
杜香，勒澤
杜香是誰？
達達主義的畫家

勒澤呢？
畫立體主義畫的
甚麼是達達主義？甚麼是立體主義？
你可以在網上搜查，老實説，我也是
那你列出一堆網址，不就行嗎？
也是辦法，只不過
不過是甚麼？
不過是我們忘記了看畫

——《大拇指周報》，一九七六年。二〇一八年改。

這些石頭

這些石頭
我是拾來給大衛的
是的
這些小小的
石頭
我是拾來
給大衛的
讓他好去擊倒那些
巨人
讓他好去擊倒那些
獨眼的

兩個嘴巴的
頭上長着角的
欺凌弱小的
妖怪

——《詩風》，一九七六年六月一日。

河岸

抵達河岸的時候
天氣轉涼
我又傷風了
每次穿起母親手編的
這件毛衣
編織的時日
她正患上沉重的感冒
自己受了風寒
可不想冷着了自己的女兒
我大概得了她的遺傳
當雙足

踏涉河岸的土地
怎麼我也一直感冒

——《香港時報・詩潮》，一九七九年一月三日。二〇〇九年改。

第七感覺

給它一朵花就夠了
但必須是白的
它說
　(白的
　英文字那個 WHITE
　法文字那個 BLANC)
麵包很白
等於北支那饅頭的白
等於南支那米粥的白

床也白
想起
想起甚麼它不肯說了

它僅僅說
唔　寧可不要麵包
唔　也寧可不要麼
給它一朵花就夠了
白的
一朵花
（英文字那個 FLOWER
法文字那個 FLEUR）

給它一朵花就夠了
但必須是白的
那個FLEUR
那個WHITE
它說了又說

——《星島晚報》，一九八三年六月八日。

母親和她的兒孫們

帶她上護老院
對她說：這裏有姑娘
照顧妳。煮飯
給妳吃；替妳
洗衣服；給妳
洗澡、剪頭髮
天天有妳最愛的糖水喝
一大碗，雖然
妳其實不該喝得太多

妳一個人在家裏

怎麼放心呢
兒子又不能不上班
前天妳沒帶鑰匙
出門，到了樓下
又忘了要到哪裏去
只坐在管理處發呆
在管理處還是好的
只怕妳走到街上
忘了怎樣回來

這一陣，妳常說些
糊塗話。把現在和過去
並置，分不清晨昏

昨天在浴室跌倒
小腿上流血
卻不感覺痛；又說不出
為甚麼會受傷

怎麼放心留妳
一個人在家裏
中午又不吃飯
水鍋擱在爐火上
轉頭忘掉了
老是彎身在桌子沙發底下
尋找東西，連花貓
也要幫忙尋找

起身，就頭暈得要摔倒

每天會來看妳
星期六接妳回家
怕外人的花貓會認得妳
會在妳的腳下纏繞
遠方的大哥在電話裏
也和妳說好了
叫妳安心是不是
更遠的姐姐也在電話裏說
會和妳讀醫的孫女兒回來
妳的孫兒不是說
誰要是欺侮婆婆

就告訴舅舅
早上大哥那個電話
那個電話，她說
聲音很小
都聽不見
說着說着
嗚嗚咽咽哭起來
兒子的眼睛
立刻就紅了

——《香港文學》，一九九三年十一月。

英倫雜憶

有一年到英國旅行
從達爾文的故居出來
一名衣冠楚楚的長者
迎面走來，停步

詢問：你們從哪裏來？
香港，我答
他皺起眉額，扔下一字：
Shit
轉身走掉
我頓時呆住

問朋友：
我們是否去錯了
地方，抑或
回到了過去？

——一九九六年八月

輪椅

和我一樣，你也天天
到公園來，在柏油小徑上
骨碌骨碌地走，你負載
二十七斤骨頭，看來一天比一天輕盈
經過草坡時，匡朗匡朗
你緩緩下滑，還是止不住
搖響身上那八十九枚螺絲
砌成叮叮的風鈴

見到你時，我說早安
和你道別，我說明兒見

見不見，豈是你我可以
說了算。我多麼幸運
還是自己的主人
無需依戀金屬的戰馬
成為永恆的騎士，不論
存在或不存在

我仍可以去追逐一場球賽
獃在玩具城看玩具
倦了返回自己小小的城堡
讀幾頁查里曼那老頭子
或阿瑟王那小伙子
的傳奇，然後夢想乘坐鐵馬

的得的得，神氣地
馳進另一個世紀

——《詩潮》，二〇〇一年三月。二〇二〇年改。

馬撒大的橄欖樹

五棵年輕的橄欖樹
散長在馬撒大的山頂上

馬撒大的故事
橄欖樹豈曾目擊

死海在山下平靜如鏡
渡鴉兀自爭鳴

攝氏四十度的曝日
這寫詩的人躲在樹下喘息

廢墟上遊人越來越少
年輕的橄欖樹怎麼知道緣故

——《聯合報》，二〇〇二年一月二十九日。

狗和牠的摯友

我熟悉的一頭狗把玩着骨頭
骨頭是確實存在的
牠很清楚
哪怕是軟綿綿的塑膠
你以為牠不知道
甚麼可以啃下肚子去？
牠吞吐着舌頭
舔了一個春天
又整整一個夏天
陌生人來訪
牠也愛理不理

骨頭才是牠摯愛的朋友
休想分開牠們
儘管已破爛
我想，牠也不介意
它是否有味道
後來，牠和牠的摯友
骨頭，不見了
留下存在過的記憶

——二〇〇五年五月

不知怎地

不知怎地，我們
出現在一個會旋轉的圓球上
不停地繞另一個圓球
公轉，又自轉。不知怎地
在我們生存的圓球上
有山水、林木
又有飛禽走獸
但只有我們，直立行走
用手工作
會寫字，會累積知識
會創造

而且會追問，尋求
可另有那麼的一個圓球
有那麼的一群
模樣像我們
像我們一樣思考
的人類，或者
只是類人

我們老早知道
生命周期早已預定
只是到了某個時候
不知怎地，驀然醒覺
不論英雄將相

乞丐小偷，好人壞人
都有時限，不久
必化為塵土
沒有改變生老病死
的機制

只是有的，才面世就夭折
是做壞了，要廢除？

我們通過科幻小說追問：
我們是既創造也被創造？
一切，是我們自己的安排？
我們創造了比自己能力更高
的機械，但留下了一丁點智慧

要是

沒有道德感、同理心
要是只迷信一種產品
只為一個產地效忠
不知怎地，我們一面懷疑
另一面寧可相信
自己就是最好的品牌

那麼
我們真要追問：
怎比得上我們自己製造的東西
是的，我們好像老在尋找異類
不知怎地，找不到

倒很高興，自在
證明我們是獨一無二
的人類，只會自我複製
只複製同類
證明這圓球正在糜爛
卻仍然最適合
我們人類

——二〇〇七年二月

地心吸力

自從降生，你就與我並存
總出沒在我前後左右
是我的影子？
但又不是。你是甚麼呢
那麼的充盈在天地間？
無色無味無形
畫者無法畫你，雕塑者
無法塑你，沒有人見過
尊容。啊，莫非只有
音樂能把你我溝通

想見你十分艱難；
可是我們可以一起遊戲
借重媒體，譬如
把一支圓形的鉛筆
放在平滑的斜面上滾動
或者，讓一件陶瓷
碰一聲喊叫
裂碎在地板上

誰會認為你沒有智慧？
你會選擇最適當的那個人
才把蘋果落在他的頭頂
讓世人參透你的意圖

你會警告不尊重你的人
由得他們摔跤
懲罰蔑視你的傢伙
從樓梯上滑倒，呵
所以我一直小心走路
不去激怒你，否則
我也不容易活到今天

我已學會了如何與你合作
在掛一幅海報時會想起你
該把一枚鐵釘
牢牢陷入牆壁，才不會
打碎玻璃，小心慢吃

烘餅，才不致餅屑滿地
空間時，我會把一片羽毛
放在簷下，看它如何飄浮
緩緩而優美地降落
扔一塊石片進池塘
看它表演三級跳遠
最終埋入混漾的漣漪

沒有你就無所謂的噴泉
沒有你就無所謂的瀑布
海浪失去音樂似的節奏
雪花砌不出六角形
天地間種種變幻，新奇

是你教會我欣賞
是你讓我們知道生活
總是高低起伏，悲喜交纏
必須腳踏實地
接受挑戰
不能離棄這土地不能割斷
這根蒂，混沌初開
你就默默看着我們
由我們發揮，由我們
想法子突破限制
電視上周傳來月亮背面的景象
我立刻想起你，沒有你
宇航的人如何重返家園？

謝謝你，地心吸力
其實是魅力

——二〇一五年一月

玻璃

她從未結婚
也沒有情人
她的腹部
如潮汐的漲落
明月的盈虧
惹來鄰舍的狐疑

多年來前後懷胎七次
每次臨盆剖腹
釋出一大團玻璃球
如同甜蜜的果凍

沒有名字
只在肚皮上留下痕跡

這女子從沒抱怨
她生產的不是人類
沒有天使
安慰她不要怕
也沒有魔鬼
打她的主意

只是，她日漸消瘦
在鏡前再認不出自己
她忽然說：阿姐

我不是玻璃，那麼一碰就碎
不要再替我剖腹了
說完，她變成了石頭

——二〇一六年十二月

致皮囊

親愛的皮囊，發生了甚麼事呢
原本是輕盈盈的皮層
竟然冒出褶褶疊疊的皺紋
彷彿橘子被擠乾了水分
氣球，洩空了氣體
不過幾個月的時間
我不認識你了
是我做錯了甚麼
才使你連續消瘦二十多磅重？

感謝你八十年來

一直的守護，不論
我健康時患病時
不離不棄。我們一起
過了多少愉快的日子啊
一起讀書一起遊戲
一起旅行一起你我
同桌吃飯
原諒我所有的過錯
指引我走正確的道路
你怎麼不是我
守護天使呢？

我一直不懂得珍惜你

幼時，對你噓寒問暖
是我的母親
當我長大，照顧我的人
是不同的醫生
直到近年，我才懂得轉移視線
認真觀察你的一切
行動，要求，申訴
是否已經太遲聆聽
你的從溫馨到嚴重
的警示？

親愛的皮囊，長期漠視
是過錯，我已經痛定思痛

不再吃任何甜食，不進任何
垃圾食物，早眠早起
做運動，喝清水
你表達的語言
又是否太深奧？
連醫生也難免誤聽
使我彷徨，為甚麼
我老覺得疲乏
像即將停電的燈泡
是漸漸暗下去

暗下去

熒屏上到處是示威，遊行
卻聽不懂來自內心的呼號

如果你是內容，那我就是形式
所有的表現，無非內外的協商
是的，和我一樣
你也是一些氫氮氧碳
氨基酸，白血球
核糖核酸，你是細胞
你的細胞在皮囊內
活動的裂變是五十次
然後消亡，我們可不能
讓它們裂變下去
到頭來就變成癌細胞了
還是停止衍生的好
對不對，那時候

來不及挽救
你我就只好分手
和你分手
是多麼不情願的事

皮囊啊皮囊，誰也不該哀傷
我們不過還原為宇宙的元素
物質不生不滅，我們各自
演變成新的生命。我們
將與別的元素重組
繼續在宇宙中遨遊
或者
我們會在冥冥中邂逅

彼此微笑，似曾
相識，別來無恙？
讓我們繼續前行，仰望
眾星繁麗的夜空，宇宙如此
浩瀚，不同的旅程儘有
不同的景緻

我們自稱萬物之靈
畢竟空間有限，時間
更短暫，植物比我們長壽
花謝花開，年年
更換綠衣黃裳
可日子還不是一樣

試想想，你我要是沒有時限
還值得珍惜嗎？
要是內容和形式分割
心臟長跳不衰
皮囊卻不斷老退
生命力沒有了
這會很有趣？
且看仙女座星雲
朝銀河系飛來
讓你我不要錯過
這難得的相遇

——二〇一七年十二月

左手之思

三十年來，幸而癌症沒有復發，可是一條右臂遭受鐳射的侵蝕，漸漸枯萎、僵硬，不再活動。

單獨一隻左手
再不能綁鞋帶
（穿不用鞋帶的鞋好了）
無法替錶上發條
（根本不再戴錶）
要擰乾面巾只好纏在水管上
（用更小塊的面巾就是）
朋友想和我握手

（我伸出左手，抱歉
要朋友也參加左撇子陣營）

感謝醫生的照顧
（有人埋怨醫生做得不妥善
不對，當年已做到最好了）
書寫，早應該由另一邊接手
（右手服務許多年，讓它榮休）
有了不用電腦，不用手機的理由
握匙吃飯
起初不習慣
但慢慢，慢慢就慣了
（對了，這是自然而然的慢活）

看人，看物事
我開始有了不同的角度
（多長一隻眼睛）
開始聽到不同的聲音
（多長一隻耳朵）
不再以為一邊的風景獨好
這時代，患的可不是絕症
（不諱疾，總有辦法的）
不過因為牢牢堅持
一隻手，一種目光

——二〇一八年三月

今天

早晨起床向窗外探望
陽光燦爛，照在對面
一列樓房的窗框，折射回來
和昨天一樣
　我吃了一碗麥片
　　加兩湯匙乳酪
看過報紙知道樓價繼續高漲
許多人不得不住越來越狹窄的劏房
年輕人即使努力工作
也沒有能力供得起小小
一個安居的窩

我必須效法摩西
分開樓下的紅海
才能走到街上，擺脱
遍地的煙蒂、紙屑
遊客紅色的風衣
白色的小帽
和昨天一樣
相信明天也是這樣

我走到碼頭附近散步
曬曬太陽，小麻雀也像我
在地上跳飛機
烏鴉在半空

幾隻白鷺各佔一條椿柱
靜靜地守待游魚
昨天是這樣
相信明天也一樣

吃過午飯，我睡了一小時
再到超市去
補充些日用品和食糧
巧克力牛奶中沒有巧克力
無糖果汁不等於無糖
蠔油沒有蠔，朋友補充
儘管有蠔的味道
在遊客車隊君臨之前
回去，或者可以寫些甚麼

昨天是這樣
相信明天也是這樣

晚上看了一會兒書
一個長篇小說，不知
要看多少天才看得完
接到一個朋友的電話
說他剛旅行回來
勸我想外遊就外遊
想做甚麼就做
趁還能夠
晚上十點鐘我如常去睡覺
對今天感到很安慰
對今天又感到很失望

聽到樓上一對夫婦又在吵架
樓板依呀響個不停
一隻白鴿在冷氣機上咕咕嗚叫
公園那邊又傳來廣播
甚麼同鄉會盆菜宴快快報名
有電影放有舞蹈表演

起來看窗外
馬路上掘開了一個個洞
填補路陷修理電線
昨天這樣明天
相信也是一樣

——二〇一八年六月

下午茶

下午四點鐘
朋友和我約了一位醫生
在尋常街坊小茶廳
喝下午茶
彼此初見

剛才
在斑馬線對岸
遙見穿珠灰衣衫行人
在餐廳門前
透過玻璃朝內探望
會不會是他，正問間

失去了蹤影
我們才進餐廳
選擇靜寂的角落
坐下，正待出外追尋
他就進來了，果然是他
身披珠灰針織輕柔
薄線衫

我們點下的公司三文治
已端了上來
分成八等份
醫生會選吃甚麼呢
他只說正好尚未吃午飯

小茶廳
不設布餐巾，只見
醫生把一方對摺的紙巾
輕輕鋪在眼前的桌面
略略撫平，再加一方
夾緊整疊麵包
溫文地吃起來
一面和我們傾談

每次到診所，總是醫生看我
　　　　　　　大多數
這一次，可是我看醫生

醫生熱愛音樂，這一位

郤喜歡文學，愛詩
贈我一冊自己所寫
讀現代詩的心得
喚醒我沉睡的記憶
我們有了，疾病以外
許多共同的語言

多少年來，我拜訪過無數醫生
長者醫療券，我兩個月就用完
有的醫生也知道我寫小說
做布偶，做毛熊
鼓勵一下，但話題
離不開疾病

一位我認識了三十年，說
還是少見為妙
他也快退休了

街外，喧嘩的觀光客
湧向另一邊的碼頭
開始維港遊
我們，有我們詩的旅遊
我還可以遠遊嗎？
以我的身體狀況
我是怎樣下的
令自己也想不到的決定
也許因為詩的緣故
醫生居然願意陪同

我想，我大概無可救藥
對戰爭與和平提不起興趣
卻好奇，這下午一個醫生
會喝哪一種飲料
冰鎮奶茶、維他奶黑豆漿
熱檸水、果汁之類？
進餐廳，我總不知該怎麼選
我只能喝暖開水
喜愛的冰淇淋紅豆冰
已經告別
意外地
醫生點了一杯阿華田

——二〇一八年八月

漂書

出外散步的時候
總是經過漂書站
兩張木桌擺出屋邨的走廊
每隔一個周末開放
歡迎瀏覽，帶走
或者放下書本
看完了，又可歸還
讓書本流浪一陣
認識不同的人
寄住不同的地方
輾轉驛站

書本是讓人看的
它從不會看不起人
但它有不一樣的命運
有時落入豪門
成為排場，全套名牌精裝
可主人甚少來探望
轉眼又有新的情人
它倒寧願衣衫襤褸
和貧苦子弟廝守
哪怕漂遍窮鄉僻壤
它不戀舊
沒有鄉愁
只盼望知音

雖然它不過是媒人
送上幸福，抑或哀愁
有時太沉重
有時又輕似鴻毛
好像沒承載過甚麼
但沒有一本書
經過一雙雙辛勞的手
會沒有生存的意義
沒有一個人
出生就成為零餘

我散步經過
也撿起一本

那是一個漂泊的靈魂

我也是從一本書漂到另一本書
那是一個個流動的房子
把我帶到不同的地方
看不同的風景
我在裏面生活
我感到安全

——《文訊》，二〇一八年十一月。

致造物者

造物者啊，我最佩服你的才藝
你設計的人類頭顱
是世間無與倫比的傑作：
兩隻眼睛，兩隻耳朵
教導我們多聽，多看
下面一隻嘴巴
要少說廢話

你是偉大的創造者
我，卑微的用家
恕我斗膽，可否

提一個芝麻丁的意見？

你設計的眼睛
不想看時可以閉上
你構造的嘴巴
不想說的不該說的話可以合上
耳朵呢，我們可以戴上耳塞
都多麼精彩，都有後備方案
至於腦袋

或可來小小的增添？
加設一個開關掣
可以由自己或者

別人，更有識見的人
關上，以免它不受禁制
鎮日胡思亂想
要勞煩別人
不斷沖洗

——二〇一八年十二月十二日

無人洗衣店

像株幸福多子的石榴樹
綻放在寂寂的陋巷
連跳上簷頂霸地盤的公貓
也會感到詫異

無人洗衣店
店面並不大
沒有門也沒有窗
入口只是個空框
中英文店名
穩穩嵌在横眉上

二十四小時開放

一眼望去，明亮整潔
自助洗衣機、乾衣機
層層疊疊，睜開巨型獨眼
另一邊靠牆是文件櫃
接收速遞，高高低低
空隙留給長椅
旁邊還擺一座汽水機
另一邊幕牆則示範洗衣

大多數的顧客是女性
坐定了，暫時從家務釋放

可以閒話家常
孤獨的男子，低頭打機
打呵欠，打瞌睡
或者研究馬經

有一天我進去按密碼開鎖
收取旅行時寄返的快遞
有幾次我只是路過
進來坐一陣歇腳，因為
到街市去還很遙遠
無人的飛機
令人懷疑是否友善
可這裏沒有閒雜人入侵

沒有露宿者進佔
稍稍停留，不過是
自行洗去沾來的灰塵
不知是誰的佈局
不用守衛，也沒有監視器
有點懸疑的趣味
但我知道會有人靜悄悄地打掃
又不打擾人放進文件
只是我看不見
看不見管理人，真好

——《字花．西西時間》，二〇一八年十二月。

余穎欣繪

退休計劃

退休以後，會很清閒
必須找些有趣的事情
消磨時光
既然喜歡文學藝術
可以每日讀一二首詩呵
你說，或者三首也不錯

每日讀一首詩，一月
就是三十首，早午各讀一首
一月會是六十首
早午晚各讀一首

一年就過千了
有趣有趣，唐詩三百首
詩經，還不過是三百零五首

計劃，從學生時代起
有哪些是貫徹、成功完成的
必須長期堅持
在桌前寫上：努力奮鬥
風雨不改，不找藉口
辦不辦得到？

日子向前看，涓涓細流
往後看，是瀑布，是激流

怎麼終於退休了
就讀些詩打發，你說
不過是讀些詩
很簡單，又不妨礙讀其他

祝你好運
就每日讀些詩吧
讓我靜靜期待
若干年後
真有趣呵
要是大學圖書館的詩庫
沒被你看完
別自責，讀了也不等於

記住；難道還需向別人交代
別可忘了
你這才是做到了
真正的退休

——二〇一八年十二月

向傳譯者致敬

在書店中遇上一位年青朋友
朝我走來，問我買書時選擇原著
還是譯本？譯本，他強調
充滿謬誤、錯解、增刪
他堅持讀外語作品
必須親炙原文
以免受騙
對呵，但願我也擁有巴別塔
每一個房間的鎖匙
看不同的佈置
賞玩每一樣藏品

聆聽每一種獨特的聲音
那是血和汗結的果
可是我已經不再年輕了
朋友，要不是有人引導
用我懂得的言語
又有甚麼法子
認識彼此？
有些甚麼，如果在轉譯時失去了
可有些，卻是增益哩
費神盡力，為了達成同一目標
換一副面目出現
也是挑戰
詩的旅程從沒有完成

要被閱讀，並且接受誤讀
要重新探險
去到遙遠的地方
越遠越好
即使全能的上帝
也要借助天使
我認識的天使，向我走來
他們不是能鳴的鑼，會響的鈸
他們各有個性
他們有愛

——二〇一九年一月

兩座雕塑

路過大酒店的正門
驚見博得羅的兩座雕塑
這些年來只有荷蘭人
漂泊到了這地方
折了翼
站在岸邊
遙望

兩座雕塑，從古典神話降落
在酒店的花叢兩旁
在陽光下通體油亮

體態豐盈的黑美人

左邊那座，手握
奇異的智慧果
可不是聖經故事裏
人類始祖的夏娃？
亞當呢？也不見蛇
讓我們想像

右邊的那座，明確得多
正是麗達和天鵝，那天鵝
雄糾糾，氣昂昂
天神宙斯的化身

近百年的名店
放下排場
當酒店是兒童遊樂場
門外放置兩件玩具
沒有圍欄，也沒有
不准攀爬的警告

要是學校老師帶學童參觀
會先讀里爾克，以及
葉慈的詩行？
是否明白，藝術品
突破了道德的困綁？

酒店的牆壁內
守着過客的私隱
牆壁外竟如此公開
光天白日，千百路人經過
有的讚賞，可有的投訴？

至於我，我想起奧登
看伊卡洛斯墜海的詩句：
我也有既定的方向
世間的風景
有時令人愉快
有時哀傷
看過了，收拾心情

繼續自己的行程
去要去的地方

——二〇一九年一月

西西與左邊的雕塑

右邊的雕塑

他們最後的晚餐

他們坐在桌前
並沒有進食
或者已經完成
進食的儀式
這儀式
在五百多年前
一個畫家看見了
他研究過透視
反覆思量
都不能解決
這一次
他靈光一閃

讓碟子
變成光環
平行肅立
在他們的頭顱後面

又過了許多年
根據一個藝評家的研究
這些其實是飛碟
受了差遣
從天外來
餐後就帶領他們
進入了太空船

——二〇一九年一月

哀歌

母親是越劇迷，我小時在上海就經常跟隨她去看《梁祝》、《紅樓夢》，看極不厭，曲詞於是耳熟能詳，竟然也學大人一把辛酸淚。七十多年後還會唱。當年是到劇院去看，如今則偶爾在屏幕上重溫。我也看過粵劇《再世紅梅記》的電影版。至於"Sad Movies"一曲在一九六〇年代初流行一時，一首失戀的情歌，曾由 reggae 歌手翻唱。「Oh oh oh sad movies always make me cry」是再三重唱的曲詞，傷他悶透（sentimental）極了。上述中國傳統戲曲，曲詞優美，唱做俱佳，予人美的感受。我想到其他，不過借題發揮而已。〈哀歌〉，其實就是愛歌，約翰．多恩、里爾克等都寫過。

Oh oh oh sad movies
Always make me cry
越劇《梁祝》的〈樓台會〉
這樣唱：
賢妹妹，我想你
神思昏昏寢食廢
梁哥哥，我想你
三餐茶飯無滋味
賢妹妹，我想你
哪日不想到夜裏
梁哥哥，我想你
哪夜不想到雞啼

Oh oh oh sad movies
Always make me cry
越劇《紅樓夢》中〈問紫鵑〉
這樣唱：
問紫鵑，妹妹的詩稿今何在？
如片片蝴蝶火中化
問紫鵑，妹妹的瑤琴今何在？
琴弦已斷你休提它
問紫鵑，妹妹的花鋤今何在？
花鋤雖在誰葬花？
問紫鵑，妹妹的鸚哥今何在？
那鸚哥叫着姑娘的名字
學着姑娘生前的話

那鸚哥也知情和義
世上的人兒不如它

Oh oh oh sad movies
Always make me cry
越劇《紅樓夢》中賈寶玉
這樣唱：
想當初你孤苦伶仃到我家來
只以為暖巢可棲孤零燕
寶玉是剖腹掏心真情待
妹妹你心裏早有口不言
妹妹啊你為我一往情深把病添
我為你睡裏夢裏常想念

好容易盼到洞房花燭夜
總以為美滿姻緣一線牽
想不到林妹妹變作寶姐姐
卻原來你被逼死我被騙

Oh oh oh sad movies
Always make me cry
哭吧，盡情地哭
女子從來就是水造的
出生和着血水
男孩子含着寶玉，是璋
女孩子呢，混着污泥，是瓦
是丫頭，長大了成為女傭

做飯，洗衣
是別人的妻妾
兒女的母親
你不是你自己
改為男裝讀書
父親已算開通
遇上有情才子
可往往是天真的書獃子
能詩會文
卻連自己也不能保護
而美麗有罪
竟足以誤國
不然被當作搖錢樹

把你搖啊搖進勾欄
在跑馬樓上就等那麼一個
準備考科舉的人到來
一旦高中
就成為駙馬
回來還要把你試探
哭吧，盡情地哭
搖筆桿的人
送你一段刻骨銘心的情愛
就解決了你所有的苦難？

Oh oh oh sad movies
Always make me cry

聽呀，粵劇的《再世紅梅記》
這樣唱：
仿似藍橋會
無語暗情通
敢信一夜相思兩處同
獨惜琴韻未隨花月送
無奈咫尺隔萬重

淚流過，新淚再來
如詩如怨的曲詞
哭不盡鴛鴦遭拆散
嫁入權門，不過
排行三十六妾

送人或者自用
一決於權貴
遇上美哉少年
立即被捧打成鬼
美則美矣，還需你這艷鬼拯救
梅借柳身再世
豈不是另一女子的成全？
更幸得一個新君懲惡
方能結局團圓
天下間的女子，終於
可以把眼淚抹乾
這個新君救你
何曾救得了糟糕的時代

你何曾是真你
你啊可得救你自己

怎麼救法？
搖筆的人也不提供答案
只是哭過了令人反省
努力讀書，學一技之長

——《木每雙生——文學Ｘ視藝展覽》，二〇一九年。

洗碗

你蹲在餐室的後巷洗碗
　在微風之處
你洗出了無窮無盡
飄浮的泡泡

當陽光到來
　你創造了千千萬萬
燦爛的彩虹

——二〇一九年三月

魔法師

吾家家務助理
每天早上煮好早餐
循例上街替我去取報紙
她不懂中文，回來時
總是指着報上的圖片
發問：哎呀，巴士又失事
多可怕，是外國
還是本地，在哪一區？
看不明白的圖片
她又問：發生了甚麼事？

我告訴她，這一堆
洗頭水含致敏劑
這類蔬菜有毒素
看來新鮮的三文魚
可以隱藏着線蟲
她知道後很高興
認為自己有了學問
用手機通知同鄉姐妹
好作她們的訓導主任

她沒有進過甚麼學校
來港謀生之前
惡補了三個月的廣州話

到了才發現，說不準，聽不懂
到了一個完全陌生的星球
幸好很快就結識樓上樓下的同鄉
她努力地用紙筆記下事物的讀音
總算能夠和港人溝通
雖然，口音還是歪歪斜斜
見人在盂蘭節燒香拜神
說有些人在街上拜山
幸好她還沒見過
有人拎着拖鞋打小人

她非常關心時事
因為家鄉經常發生地震

那裏有她的父母、女兒
女兒的父親可是無所事事
飲酒、賭錢，玩女人
她上次回鄉就把他休了
我要讓女兒上大學讀書
她說，讀書很重要
在電視一看到地震
就緊張得猛按手機查問

有一次她指着電視
問我月亮為甚麼全變黑了
那是月蝕，她聽後目定口呆
月亮吃錯甚麼東西了？

她原是連天會下雨
雨從何而來也不明白的人
那次，我搬動枱燈
乒乓球和飯碗
對她解釋了十五分鐘

四月的一個早上，買報回來
她又指着頭條一幅大圖發問
我不知如何解答
因為那是個黑洞
我想了想，告訴她
那是天上的一顆星
經過許多許多

許多年，變成一個甜甜圈
引得其他東西嘴饞
其實是很大的陷阱
哦，她說，天空是個魔法師
是的我答，天空的確是
一位奇異的魔法師

——《字花．西西時間》，二〇一九年四月。

十四歲的小舞者

親愛的瑪麗，我忽然這樣
稱呼你，你會覺得
奇怪嗎？自從做客
我家，你的名字，一直是
十四歲的小舞者
認識你的人都知道
你是一座雕像
最初由蠟製
後來用青銅鑄造
創造你的是法國
印象主義畫家德加

以描繪芭蕾舞藝術員著名

兩百多年過去，喜愛你的人
越來越多，因為你已成為
舉世無雙獨一的作品
本來平平無奇
你只是穿上舞衣
隨意地站在一邊休息
雙足一前一後，微微分開
雙手伸到背後緊握
你挺直身子，昂首仰望
前方。你垂肩的披髮
合成單一的髮辮，束上緞帶

結成蝴蝶，你穿着
玉蜀黍色的小背心
腰繫密褶半身裙
就這樣子，隱隱站立許多許多年

德加把你描繪時
你只有十四歲，小小年紀
有甚麼值得炫耀？
在當年的秋季沙龍
展覽場上，也不受關注
為甚麼如今你的聲譽
會超越文藝復興諸大師？
是的，有一個人曾經對你呼叫

這真是太不可思議了
因為你在廣場一角出現
無論是軀體，顏面，小背心
皆由青銅所鑄，而
你的裙子，舞鞋，蝴蝶結
全都是絲綢和棉布織物
這才是破天荒的大突破
當別的雕像隨時間老化
你則永遠年青，你的裙子
過百年後漸漸腐朽
卻可以替換。自從
進入巴黎的奧塞
美術館，或者

在其他的展場上，我
的確見過你，數次換上
不同質料，長短不一的裙子
每次都使你在塵世上
重生。你一直和時代
並肩前行，永不老去

親愛的瑪麗，為甚麼
我會稱呼你為瑪麗
何以我突然知悉
你的名字，你的身世？
是這樣的，我剛從
俄克拉荷馬城回來

俄城的朋友送我
一套《今日中國文學》
以及一冊剛出版的文學期刊
名《今日世界文學》
數十年前我曾訂閱
上面有一則新書預告
評介一本薄薄的小書
述說着瑪麗·梵·
戈坦的故事。書中的瑪麗
就是你了

你看，瑪麗，我正在
寫一封信，好訂購那本書

我將知道，當年你的家人
如何把你從貧民區
送入巴黎芭蕾舞團當學徒
希望你能脱貧
改善你一己以及家人的命運
書到之後，你會聽我
讀給你聽嗎？
嗯，今天天氣很好
吃過午飯，我會上花布市場去
選些布回來。春去夏來
我又該為你縫新的裙子了
這次，你的選擇是甚麼？
川保久玲那樣

層層疊疊的蓬蓬裙
還是密褶的泡泡紗裙？
至於顏色，會是
楊柳依依般的湖水綠
還是宛在水中央的一抹荷紅？

——二〇一九年四月

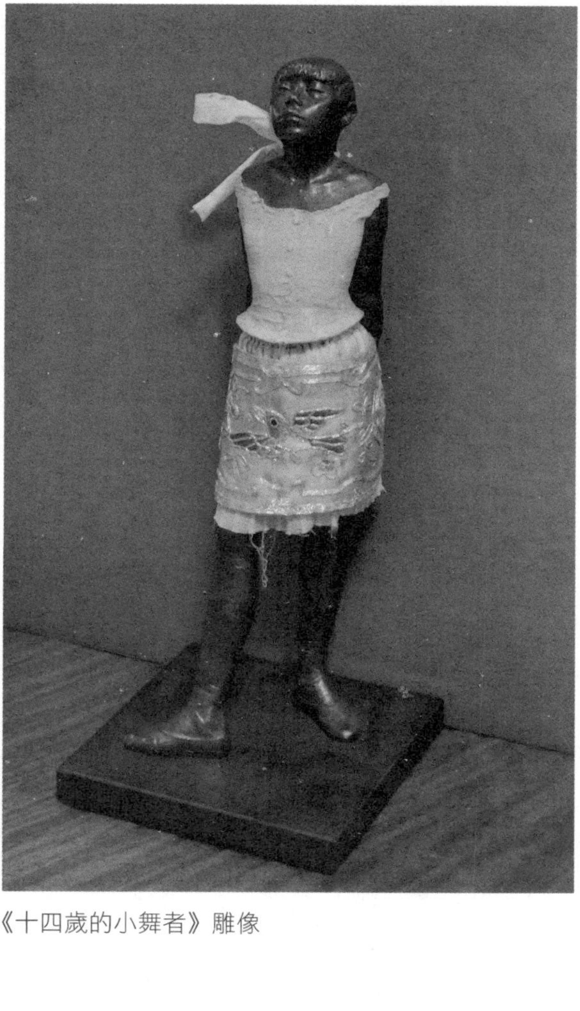

《十四歲的小舞者》雕像

習舞

德加總是畫綵排的你們
畫你們用雙手撐起腰
用雙手撫摩疼痛的腿和足
畫你們疲倦地
照着鏡子，端詳
自己的舞姿
研究每一個動作
這一步是否跳的不夠高
阿拉伯式螺旋是否穩重
芭蕾舞是多麼艱難的藝術
長年累月的苦練

不折不撓的掙扎

修改，糾正
寫作也是這樣啊
手握的筆，就是我們的腿足
要寫一篇像樣的小說
寫一首好詩，是多麼不易
是耐心，是堅持
跌倒了，站起來
面對觀者不同的眼光
批評是容易不過的事
當我每次抬起頭來
看見你堅定地仰望

我就相信，是的
舞台上的一群醜小鴨
終於變成美麗的天鵝

——二〇一九年四月

查問

我是獨居長者
每次有病由朋友幫忙
帶我去看醫生

醫生，儼如法官
總是問
這是你的甚麼人

同樣的
身份的問題
護士已先查問過

當然沒有惡意的
斷症之前，好像
先要弄清楚

病疫來自生活
會傳染的病毒
來自人與人的接觸

像警局那樣，理由是
保護，這是一個
長期病患者的浮想

想得太遠？我們又是否

失去對人的信任
難得有朋友真切的關心？
又或者，人與人之間
再沒有私隱
無論對朋友，對敵人

——《字花．西西時間》，二〇一九年五月。

郵政局

沒有人要買郵票
可不是郵票的錯
沒有人來取郵包
可不是郵包的錯
沒有人想寄聖誕卡
可不是聖誕的錯
情人沒有收到情信
可不是愛情的錯
收不到朋友的來信
可不是朋友的錯
朋友收不到我右手寫的信

可不是我左手的錯
我到郵局來繳水費
我沒有去錯
可不是水費的錯

——二〇一九年六月

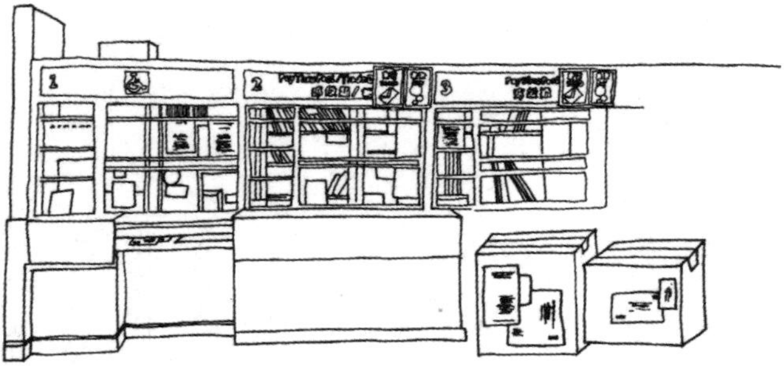

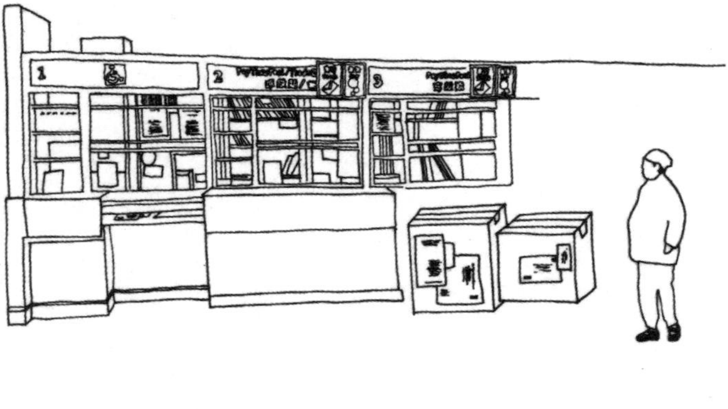

余穎欣繪

宅男

他由寡母帶大
一切聽從娘親教誨
放學後總準時回家

數十年來是模範老師
同事聚會極少參加
獨對女子就臉紅耳赤

退休後變成獨居老人
似孵蛋母雞不願離巢
不是看書就是睡覺

忽然一日來見校醫
訴說全身疲乏雙腳無力
不知是否大限已至

校醫和他詳談，知道
他自己做飯，遵守
健康指引，不煎
不炒；戒甜戒鹹

醫生替他開藥方：
停止烹飪兩星期
外出開餐，想吃甚麼
就吃甚麼吧

沒其他辦法
兩周過去，他出現了
奕奕精神如飛健步
同事皆驚惶，服了
甚麼仙丹靈藥
醫生只微笑：他的病
是在煮菜時沒油沒鹽

——二〇一九年七月

簽名本

在廣州 1200 書店內漫遊
看到一本我寫的小說
站在書架前，我遊戲
的神經被觸動了
問店務員可否簽個名
這個作者我就是
他問過高層跟我取下
那本被一層薄薄膠膜
密封，受保護的囚徒
遞過來，名字
簽在膠膜上麼，我問

簽在膠膜上好了，他答
遞來一支白板筆
真是絕頂聰明的應對啊
我何不接受挑戰
期望那麼一名讀者出現
把書釋放
可保留了外殼
還是扔到陰暗的角落

——二〇一九年十二月

看不見

我看不見你
但聽見你的聲音
你說看，我們身邊
六棵巨大、枝椏寬闊的樹
名字很有味道
叫台灣相思
真是樹葉茂密呀
可還記得到台灣
看微型屋，看書店
坐咖啡店，吃牛肉麵
就是再不敢打擾朋友？

一位不是說
到台灣就要找他啊
可如今再看不見他了

我們沿着花徑向前行
你說，另一邊這一列白千層
甩皮甩骨，倒也甩得好看
其實都很年輕，還有
大把日子，在前面
前面，總還有許多好看的物事
讓我們慢慢發現
是的，但我看不見你
只聽到聲音導航

我的眼睛早調理好黃斑裂孔
我不過是坐在輪椅上
而你一直在背後
輕輕地推動

——二〇二〇年四月

黃山畫冊

我正在讀你的傳記
你姓江，字六奇
不知道你有多奇呢？

你是安徽人，生於歙縣
在桃花塢長大，你的故鄉
有美麗的山水
因為那裏就是黃山呵
就由你做嚮導
帶我們去遊覽可不可以？

謝謝，謝謝
你真是出眾的導遊
帶我們進入奇幻又真實的世界

說來黃山我也到過的，和朋友
看過雨後的雲海
山分成幾折，浮在層雲裏
這才相信國畫
真有這樣的仙景
那時我們還算年輕
說將來要再來，也許
就住下來
可轉眼我們都已老去

多少歲月了
你好些朋友曾到那裏旅遊
讚嘆這美麗連綿的山巒
他們有的曾用披麻、雨點、卷雲
還有粗聲大氣地斧劈
模擬黃山的神態
捕捉黃山奇松、怪石的世界
我衷心感謝
這些出色的先導

再見黃山
很科幻，彷彿
眼前是另一星球

喔，你問甚麼是科幻
怎麼說好呢
你我生活在不同的世代
是不同的星球啊
我們慢慢走，邊走邊說吧

你走進黃山，起初
是簡短的冊頁
還不見巍峨疊嶂
群山逼人而來

你逐漸走入岩脈裏去了
再沒有離開

巨大的石塊把你包圍
像石柱，像石碑
有的正面，有的斜倚
山勢不再層層架疊，升高
變成一座座平坦
光滑的，枯澀的骨頭
不再皴染
沒有筋絡，也不長毛髮
在白日的煎灼下泛起銀光
如同千萬面明鏡
輻射再輻射，折射又折射
我們看過電影、紀錄片

四周有點像沙漠
甚麼是電影，甚麼是沙漠
暫時也不說，或者
也不用說，不過
是另一個觀看的修辭
通過不同的眼睛

你引領我們上觀音岩
迎面冒起巨大深幽的岩洞
洞口，趺坐一個觀音雕像
蓮花庵隱蔽於群山之間
只見煙雲浮飄
仙都峰下仙燈洞

如同隧道
洞前垂下百尺的天梯
你遇見八大、石濤、石谿

光明頂是一道之字形窄路
拍翼也不易登臨
你們在大悲院上流連
說不盡的滄桑
始信峰得抬頭仰望
奇石橫陳架疊
更高岩壁處仍有涼亭高懸
到了這裏，一切都可信
沿途高高低低

大小一張張石床

都是鳥瞰的角度
你可站在哪裏呢？
在一座山上看另一座山
從山腳一路看到山頂
那是游走的線條
橫的平臥，直的筆立
松樹疏落；人鳥很少
疏淡，但不覺得寂寞
范寬喜歡在雲頂營建植物園
而你，在眾山興築劇場
散開，上層是觀眾席

下層是舞台
浮雲掠過，朝代轉換
離離合合在上演

我總是好奇，你彷彿帶着
攝影機，逐一錄下
時而航拍
淡入淡出化
再加上想像吧
你問我：甚麼又是航拍呢
這個，晚飯時再告訴你
你的畫筆，我想是用銅絲、鐵線
一切堅硬又纖細的金屬

把它們扭折成輪廓
只是我們沒有忘記倪雲林
渴筆的折帶皴

你一直住在黃山
看遍了怪岩異洞
人間還有甚麼出奇呢
不過是另換一朝天子
這不必認真
難怪你出了家
改名弘仁

——二〇二〇年

名畫家肖像

近日胡亂翻畫集
見一名畫家肖像圖
主角端坐空闊廳堂
精緻大榻靠背座上
袍服整齊
腰板筆挺，肅穆
威嚴，雙目前視
頭蓋短髮如點苔
嘴旁留一圈虯曲鬍鬚
左手半垂平按膝際
右手屈曲掌握茶碗待飲

一足稍抬，另一足
恰恰平放足踏上
坐榻另一端空白處擺着
三盒書函、兩筒手卷
榻旁靠着個四方几
上置書函一二
另設長頸瓷瓶
內插菊花數枝
一切細意安排
離几案一箭之地
出現黑白衣衫侍童二名
黑衣童子手抱高身茶壺

看罷，頓覺畫中擺設
似乎少了一件，在木榻後
一座高大畫屏
韓熙載夜宴式
上繪猛虎咆哮圖
則完美矣。依我看來
人物活像《水滸傳》的宋江
奇怪翻查畫中人
竟不是董其昌

——二〇二〇年五月三十一日

雲林山水

一河兩岸
六株樹
若現若隱
四柱亭
水靜
無人
《漁莊秋霽》
不見莊

《容膝齋圖》
不見齋
只是疏散的
水墨
淡出
黑白的
天地間

——二〇二〇年六月

窗外

我看到龍舟競渡
在窗外
我聽到擂鼓咚咚
穿過窗框傳來
我嗅到海水
的鹹味
窗，不要關上
我就坐在窗前想像

——二〇二〇年六月

西西先在白紙上繪一窗框

把白紙翻轉，再繪一龍船。

石濤自寫像

在眾多自寫像裏
你畫的這一幅
我最喜歡

它不是四方形固定的水墨紙本
而是可伸可縮捲起來
靈活隨意的手卷
有個特別的名字：
《自寫種松圖》
可以擺放几案上
緩緩展開，細細欣賞

開端，松和石矯倔地交融
你出現在松蔭下
安坐在一方大石上
手持竹杖，指甲纖長
真令我吃驚哪
你的容顏如此清晰
直是攝影的寫真
明末清初，西洋傳教士
帶來了玻璃水銀等科技
你應該照過鏡子的
或者在澄明的水面
你找到自己

你用乾筆，以細線白描
不加渲染，追模
前輩李公麟的筆法
但時代變了
你沒有皂帽蒙頭
原來沒經剃度
頭上長着髮根
有若山石綴滿青苔
可以肯定，你不蓄髮辮
那麼悠然從容地坐着
俊朗，清秀，自信
兩眼深邃鋭利
直視前方，我認得

那是八大山人魚鳥的眼神
你收在《十六應真圖》裏
的羅漢、天王、番僧
都帶有同樣淩厲的目光
奇怪你竟自稱是瞎尊
當然，我們都理解
成為遺民，你們都失明了

你的僧袍豈不神奇
衣褶像白雲不斷翻捲
把你層層包裹
也不過是一塊布罷了
貼身寬袖，鬆開領口

這叫曹衣出水？
一尊北齊佛僧的雕塑
經過你的改造
你是否說：世事太困擾
不如出家算了
這可不是如今日本的時裝師
三宅一生的設計？
但這是一六七四年，這一年
你才三十二歲，多麼年輕
你看來就生活在廿一世紀
三百多年後
與我同在

讓我舒展手卷，後半幅
出現你的兩個門徒
他們曾蹲在地上
用心栽種一蓬小松
看，他們站起來了
正朝老師走來
後面的小沙彌拍拍身上的塵土
前面的一個，走到畫面的中央
卻是隻小猿兒，左右顧盼
咿咿啞啞地向你示意：
小松樹種好了啦
原來種松的是他們兩個
你安靜地坐在一旁

多麼奇妙的構圖
寧謐，祥和；這天地
是宣城的敬亭山吧
我看畫，你是否也在看我？

——二〇二〇年十月

石濤自寫像

疲乏

並不是我的手和我的腳
覺得疲乏而需要休息需要
休息的是我的眼睛

白晝刺目的紫外線
夜晚閃盪的霓虹燈
不斷侵襲我們的視覺

並不是我的頸項和後腦
感到疲乏而渴求休息渴求
休息的是我的耳朵

白日成人永恆的罵戰
夜晚飛馳轟隆的戰車
年年月月不停地上演

並不是我的軀體我的
上下身需要休息需要
休息的是我的腦袋

千千萬個問號
是非對錯，一直如影隨形
撕裂着你我的神經

有那麼的一天當我擺脫了

這肉身的負荷也許
我們會和好如初

我會懷念我的朋友
我們一起生活過的地方
我們年輕健康的日子

——二〇二〇年十一月

附錄：詩話

今日詩壇的新思潮

本世紀的詩壇和一切的藝術一樣，進入了現代主義的潮流裏。由於自然主義的沒落，現代主義中展開了許多藝術上的派別，而現代主義所要做的工作是：第一、徹底的現代化，乃是捨棄已往的一切而求新；第二，敵對的現代化，這是針對已往而求新；而產生了新興的象徵主義、立體主義、超現實主義、未來主義、表現主義、達達主義等各種現代派。

象徵主義本身並不是廿世紀的產物，正如超現實主義在中世紀甚至上古世紀已有，它是針對自然主義之表面事物之寫實，而要求用神秘、暗喻方式表現的一個潮流，它被稱為頹廢、夢幻的法國惡魔。這一派的詩大都是一件事暗示十分之三，其餘十分之七要讀者本人去思索，詩人的工作是提示聯想，而聯想是靠欣賞者的能力和興趣的。象徵派的詩所表現的多數是剎那的存在，帶着艱深的意味；其中極端的只有文字或音律，而不能從詩中找到字義。

立體主義是象徵主義的對比，注重內在的實質，不若象徵之注重內在的幻質，亦是誕生於法國，這類詩是「表現甚麼」，和象徵的「怎樣表現」不同；例如一朵花，象徵主義是用比喻的神秘的手法，去表現出一朵花來，詩人在表現的技巧中探索到用立體的手法；而立體詩的創造過程，是表現一樣東西，任何一樣東西，抽象的，而不再是一朵花了。所以，立體主義是象徵主義的創造過程中發掘出來的，一種易於表現抽象形態動向的手法。象徵主義的詩還可以理解，立體主義的比較困難些，通常會存在不少的專用術語，並且有砌圖式的詩。

未來主義是極端的立體主義，產生於意大利，揚棄神秘和自由詩，以自由語言配合印刷術，一首詩印成幾種顏色、不同的字體，或用音代字的擬音詩，是變相的頹廢加上瘋狂的創造，是標奇立異的手法。

表現主義則產生於德國，立體的寫法，用體驗、精神、主觀三者去表現，故此詩是理智的詩，頗多哲學味，有如寫專論。和立體主義並行。

達達主義亦產生於德國。它否定一切，對一切又無建設性創作，求內在之真實，在詩壇上只作了對過往的破壞的工作，達達主義是反叛者，是一種虛無主義。

超現實主義，從立體主義啟導出來，比象徵主義現實，它綜合了自然主義之精細、分析，和浪漫主義之幻夢、主觀，進入更純更新的境界。在這各主流中，走超現實主義路途的詩人較多，象徵主義和立體主義也還有人不放棄，至於達達主義和未來主義是已經沒落了；甚至，整個的現代主義，由世紀初到今日，已經有沉寂的趨向，詩人們正打算作更完善的表現手法，或者，在半個世紀裏，詩人們會呈現一個更新的現代出來。

現代主義在詩壇上已響了半個世紀，但是承認它的人（不要說接受了）似乎還少得可憐，一般的人對新詩還存有敵意。事實上，現代主義是自我存在，孤獨和實驗，加上破壞，凡破壞都要遭受反擊，捨棄傳統往往使自身陷於孤立的狀態。不過，在今日，家家戶戶都用電燈的時候，相信固執地點蠟燭的人是不很高明的。

本世紀的三十年代是被稱為迷失的一代，而今日七十年代是進入了聲嘶力竭的一代了，英國的「憤怒青年人」的運動和美國「鞭韃的青年人」運動，都啟示了藝術的新的進展，不算完善的現代主義，會從一個新的姿態中站起來。

今日的英國詩壇還是燦爛的，例如艾略特、史班德、劉易士、麥克尼司、朵里爾、梅爾、賈思康、薛維爾、威特健士、庫拿、羅格等，加上愛爾蘭的葉芝、吉布森等，他們的詩才已經蓋過了荷斯曼、美亞、美斯菲爾了。抽象詩、通俗詩、現代詩，加上播音，加上「憤怒青年人」阿米斯的詩，今日的英國詩壇大約要回復十九世紀初的風姿了。

美國的詩壇是從惠特曼開始抬頭的，中部的詩人承受惠特曼，南部承受了愛倫坡；今日，傳統詩派的大有人在，而史蒂芬斯、孔敏士、耶佛斯、艾肯、龐特、麥克里虛、威廉斯、泰特、藍桑、多倫也越過不少同代的詩人，奧登的加入，「鞭韃的年青人」正斯伯的加入，和黑人詩人的成就，使美國詩開始站在領導地位。

詩壇盟主的法國雖然失去了梵樂希、阿保里奈爾他們，但詩人老的、青年的還很多，普霍維爾、舍爾、勞斯洛、美諾、布希蓋、羅依、沙巴蒂亞、阿拉貝、雅各等，甚至高克多、克勞代爾也還提起筆來。法國各地正期待誕生新的詩人哩！

西德的詩壇已脫離了戰後的那種宗教色彩了，喜歡再寫十四行的詩人也轉變了，詩人們尋找秩序，新一代的詩人採取國外的詩潮，也承繼了黎爾克的優點，這一代，何爾土生、霍特、背折特、法萊特、斯蘭、福萊斯第、潘特、亦虛，要創立起彭、須婁特爾、赫塞曼後的堅固的詩壇。其他的如荷蘭，音韻和色彩消失了，布魯姆、荷斯特寫他們荷蘭味的和神秘的詩；希臘和我國一樣，採用了白話詩，沙伐利斯的詩是其中最著名的；意大利自一九四五年開始了新的文藝復興，桂西木杜獲諾氏獎，史哥惕拉洛、蒙悌、晏格拉蒂的盛名不衰；西班牙死了洛迦，但有亞歷山大、芝爾尼斯，詩風仍很盛，西班牙語是最利於詩的音韻的；葡萄牙的現代主義蓬勃，但也有復古的詩派，巴賽斯、比索亞是被介紹過的詩人；瑞典有象徵派的令達加連、雲柏、法洛付、撒塔林、其阿比；丹麥有卡里頓、畏維、阿比加、約翰生、根生、勒斯美生；匈牙利自布達布斯一役後，詩人的詩風一變，詩人群起，有卜納德、賽爾克、班傑明承繼了裴多菲的空缺；挪威有阿加蘇堤、奧法蘭、慰微、安地森；印度的杜得、那支、阿路賓社繼承泰戊爾；土耳其的喜克蜜、維里、列法、加羅埃、根保，巴基斯坦的依歸巴、折能哈里、芙列、爪法里都是新一代的詩人；蘇聯除了巴斯特納克，只好把葉蒲寧寫上；日本方面由歌唱的詩也已進入思索的詩，海外詩潮入駐，有詩集團「荒地」的成立，打破詩派的界限，自我充實，這是我國應效法的，詩人如菱山修三，詩論家村野田郎與萩原朔太郎齊名。

我國詩壇，近年來以台灣為盟主，現代詩風很盛，有象徵派，有超現實主義，有立體派，討論的題目更多，有人說我國新詩荒蕪，但，今日的新詩正由五四以後的新詩進入了現代詩的潮流中，就以香港來說，近日亦少見徐志摩派的詩了。其實，新詩已從舊的時代中脫胎，今日的新詩和幾年前力匡等的新詩已不同，今日的新乃是現代的新，當日的新，無非是比徐志摩少些洋味。新詩至今日已向世界詩壇攀越，雖然，現在還是處於模仿、吸收時期，但總有一天會創造出面目嶄新的中國詩的！

台灣方面詩人極多，有人說，台灣滿街是詩人；寫的多，不論怎樣，總比香港連寫的也不好的好，但是，真正地說，台灣寫得好詩的不少：紀弦、瘂弦、方思、羅門、洛夫、張健、余光中、黃用等都夠得上水準，其他有些雖然稱不上佳作，但對新詩的努力和嚴肅的態度還是值得借鏡的。此外，台灣的刊物平均地說水準也高，如《筆匯》、《創世紀詩刊》、《藍星詩刊》，新出的《現代文學》和以前的《文學雜誌》都不錯，個人詩集的出版也多，可惜，在香港購買不易，往往要訂閱，且常常過期。

香港方面，近年也算有些詩集出版，寫詩的以學生為多，寫詩也多向台灣詩人白荻、鄭愁予、夏菁等模仿。刊物方面，詩刊絕少，雜誌、報章只以詩作補白而已。但是，在這荒蕪的地方，居然也有現代主義的存在和希望，你說新詩會不會除了倒霉，還開不出花呢？樂觀起來吧！

——《中國學生周報》，一九六〇年五月。

詩話一

我們要寫的詩，不應該是古典主義或現代主義；我們要寫的，是詩，不是主義。我們要寫的詩，不應該是新詩或舊詩，或傳統詩或未來詩；我們要寫的，是詩，不是歷史。我們要寫的詩，不應該是格律詩或自由詩；我們要寫的，是詩，不是外衣和大衣。詩是不分新舊、時間、形式和主義；詩只分為好的詩和壞的詩。我們要寫的詩，就是好詩。古典的好詩是好詩，古典的壞詩是壞詩，現代的好詩是好詩，現代的壞詩是壞詩。

我們要寫的詩，不應該是古典主義或現代主義；我們要寫的，是詩，不是主義。我們要寫的詩，不應該是新詩或舊詩，或傳統詩或未來詩；我們要寫……

——《中國學生周報》，一九六三年九月二十七日。

詩話二

寫詩並不等於是編字典，所以，我們就不必把許多的名詞擠在一起，也不必把一連串的形容詞堆成一座山，因為美麗的形容詞和最最新的名詞與詩並沒有甚麼相干。

為甚麼不用自己的方式去寫詩呢？人家寫詩的方式人家早已用過了，人家用的字眼人家早已用夠了，如果自己不肯磨煉自己，我們還配寫甚麼詩呢？

寫一些很單純的情感，寫一些很單純的事物趣味也很夠了，厚厚的歷史書很夠氣派，誰說短短的詩行不偉大呢？

寫故鄉是對的，懷念愛人也是對的，但最好不要成了時代曲譜，也最好不會變成廣播劇的公式對白。

用眼睛看看，我們就知道竹籬並不能代表鐵絲網，青庵並不相同於聖母院，所以，我們還是可以寫我們的現代。

看不懂的詩不一定是不好的，因為看得懂的詩也常常有壞詩，我們應該贊同詩的明朗化，但並不反對為藝術而藝術。

——《中國學生周報》，一九六三年十月二十五日。

In Just

in just-
spring   when the world is mud-
luscious the little
lame balloonman
whistles   far   and wee

and eddieandbill come
running from marbles and
piracies and it's
spring

when the world is puddle-wonderful

the queer
old balloonman whistles
far   and   wee
and bettyandisbel come dancing
from hop-scotch and jump-rope and

it's
spring
and
    the
        goat-footed
balloonman   whistles
far
and
wee

——E. E. Cummings

康明斯。美國人。詩人。很有趣很可愛的一個人。他喜歡把自己的名字E. E. Cummings寫成 e e cummings。他喜歡把自己的每一句詩的第一個字小寫。他喜歡把一個英文字從中間切豆腐般切開，又或者把幾個英文字麵粉團一般地擠在一起。他喜歡不要標點符號寫詩。他喜歡把詩行操兵一般地排好，讓人家一眼看去，當圖畫般看，當小調般唱。他是現代人。他寫的是現代詩。（現代人與現代詩和現代主義並不相干。）

這首詩看起來很古怪，像上樓梯下樓梯那樣的詩句讀起來更怪，而且有一兩個字，連十磅八磅重的大字典裏也找不到。康明斯寫詩不大喜歡題目，這首詩也沒有板起臉安上一個大題目唬人，就簡單地叫做「剛好」。剛好甚麼呢？剛好是春天哩！

剛好是春天，世界泥巴巴地（泥巴巴 mud-luscious 這字就完全是小孩子眼中看見的一團肥泥的樣子，也不知道康明斯的腦袋怎樣靈感出來的），那個小小的跛足的賣氫氣球的人遠遠地低低地吹着口哨（far 字獨個兒站在句五中間，就是因為賣氫氣球的人還在很遠很遠很遠）。男孩子們愛迪啦、比爾啦，都不玩滾彈子、不扮海盜打架，跑到賣氫氣球的人那裏去了。eddie and bill 都是男孩子，康明斯把他們連在一起變成了 eddieandbill 這樣，就表示那些男孩子的動作都是一致的，還有，名字雖然是兩個，但是代表一大夥人的。

這是春天，世界水汪汪地奇妙，古怪的賣氫氣球老人吹着口哨，又遠又低。（這次 far and wee 全分了家，連低低地也可以感覺到啦！）小女孩比蒂啦、伊莎貝兒啦都不跳繩、不跳飛機，而跳到賣氫氣球的人那裏去了。

這正是春天，羊足的跛足的賣氫氣球的人吹着口哨，遠遠，低低，他來了。（羊足 goat-footed 是希臘神話中牧羊神 Pan 的投影，康明斯藉他暗示永恆的春天。）顯然，詩還沒有完，但大家可以知道，春來了，大家都會跑去的。這詩沒標點大家可以依照空白的停頓來讀，如果讀上三遍，就會發覺詩中充滿韻律，給那些 puddle-wonderful、bettyandisbel 迷住了。

康明斯的大部分詩叫人讀起來是很開心的，他實在是個可愛的詩人，又是個頑皮蟲，他本來叫 Edward Estlin Cummings，前年，他死了，就像去年死了個高克多一樣地叫人難過。他的死大概就像他最喜歡寫的一些字的模樣，不過是sIEEping罷了。

——《中國學生周報》，一九六四年四月二十四日。

ANCION DE JINETE

CORDOBA.
Lejana y sola

Jaca negra, luna grande
y aceitunas en mi alforja
Aunque sepa los camino
Yo nunca llegare a Cordoba

Por el llano, por el viento
Jaca negra, luna roja.
La muerte me esta mira-
ndo, desde las torres de
Cordoba.

¡Ay que camino tan largo!
¡Ay mi jaca valerosa!
¡Ay que la Muerte me
espera, antes de llegar a
Cordoba!

Cordoba.
Lejana y sola

卡杜堡
遙遠而孤立

黑馬，滿月
橄欖在行囊中
我縱然認識路
卻永不能抵達卡杜堡

越過平原，越過風
黑馬，紅月
死亡守望着我
自卡杜堡城樓

路多長啊
小馬多英勇啊
死亡等待着啊
在我抵達卡杜堡之前

卡杜堡
遙遠而孤立

——〈騎者之歌〉

洛迦，這是名字，記住。西班牙，洛迦的祖國，記住。詩人，上帝給洛迦的職業，記住。都記住。

且問問你，懂一丁點兒的西班牙語不？不懂，那不要緊。再問問你，懂一丁點兒的英文不？例如ABCD這樣的字母，懂，那就行啦，來，看這首詩。

先把詩的「故事」告訴你，這是讓你「知道」的。有一個西班牙城，叫卡杜堡，附近有一大夥一大夥的綠林客，所以，過路的人都不能夠活着走過。現在，有一個騎黑小馬的橄欖商在路上。路很長，時間很晚，月亮圓圓盈盈地，在天上。「故事」完。

知道一首詩的故事是沒有甚麼意思的，一首詩寫得好不好和故事好不好不大相干，因為詩又不是給我們去知道的。詩是給我們去欣賞的。像這首詩，那橄欖商真危險是不是？把他交給上帝照顧吧；那些綠林客真厲害是不是？把他們交給警察去憂心吧。我們，我們還是看看西班牙的詩是多麼注重音響的效果吧。看看這首詩裏面充滿了多少多少的馬蹄聲和荒原的回音吧。開始的兩句：「卡杜堡／遙遠而孤立」，音律可愛極了，一連串給了我們那些的aaa（讀「亞」）的聲音，不但清晰嘹亮，而且是一下一下地擊打出一種秩序來，而且在詩裏面延續了下去，而且在詩的最末又重現了出來。

第二小節的第一句是最最叫人喜歡的，字一共四個，東西一共兩件，就是黑馬，滿月。色彩上黑白分明，形態上動靜有別，讀起來只聽得 ja ca ra na ra 一片，尤其是小馬 Jaca，月亮 Luna 都是四個字母，雙響音，越讀越開心。全詩不過十六行，卻有十一行的最後一個字母是 a，所以詩裏面有很多 a a a 的聲音。（那就是馬蹄的節奏哩。）然後，詩裏面又有很多 o o o 的聲音（那就是拖長了尾巴似的回聲了），像句七，又一連拋出了四個 o 來。

洛迦喜歡描寫死亡，他寫的死亡總是美麗得叫人害怕的。這首詩，第三段用了個紅月，這樣的象徵不是又美麗，又叫人害怕得要死嗎？

一九三六年，西班牙內戰在七月展開，洛迦剛從麥列城到格蘭尼達城去，他是單獨的。在路上，他被一群不知名的人謀殺了，屍體也不見了。因此，每次讀卡杜堡，便彷彿洛迦正是那騎着黑小馬的橄欖商，像「El Cid」那般英勇地向死亡衝去。

這首詩雖然是西班牙文，但可以用英文拼音去讀，不過，所有的 a 不要照英文發音就行了。

——《中國學生周報》，一九六四年五月二十九日。

詩話三

威廉斯說，詩是一架機器，一架機器是不sentimental的。所以，一首詩也是不sentimental的。他又說，散文也是機器，不過，散文是大貨船，可以載很多貨品。詩不是大貨船，只能載最純的東西。

〈紅木車〉不是大貨船。第一兩行叫人想爛了腦袋，depend甚麼呢，威廉斯不肯說，只說一輛紅木車，在雨中，在白小雞旁邊。這是他早期的詩，那時人家稱他「意象派」詩人，而這詩裏面甚麼也沒有，只有三個意象。威廉斯的詩都是這樣的，沒甚麼可說，實在他也只有很少的東西可說。他寫詩注重自己的形式，〈紅木車〉看起來就像碎了個瓶在地上，卻又怪整齊地排成三截一截三截。這類詩，是自由詩（Free Verse），是依照作者自己的高興而排列的，比無韻律詩（Blank Verse）更叫許多人看不順眼。

一九二二年，艾略特出版了《荒原》使所有的詩失了色。威廉斯說，在艾略特的光芒下，詩人全站不起來啦，非脱出艾略特的影響不可，於是他便努力尋求自己的路，而且，他認為美國人寫詩是學英國人的，一點也沒有自己的風采語言，便要提倡「美國風」，要寫有地方聲音形貌的詩，並且要人人看得懂（像白居易）。因為艾略特是學院派的（就是讀過很多書，很有學問，大學畢業之類），他便反對學院派的詩，說，寫詩用不着學問。其實這樣子也並非就不可愛，可惜，威廉斯寫得太多太雜太亂太草率，所以他一直當不上艾略特的詩敵，也沒有成為偉大的詩人。

——《中國學生周報》，一九六四年六月二十六日。

談周報過去、現在、未來的詩——慶祝本報創刊第十二周年紀念

雨傘和我
和心臟病
和秋天

我擎着我的房子走路
雨們，說一些風涼話
嬉戲在圓圓的屋脊上

沒有甚麼歌子可唱
即使是秋天
即使是心臟病

也沒有甚麼歌子可唱

兩隻青蛙
夾在我的破鞋子裏
我走一步，牠們唱一下
即使是牠們唱一下
我也沒有甚麼可唱

我和雨傘
和心臟病
和秋天
和沒有甚麼歌子可唱

——〈傘〉

（一）去夏

〈傘〉。

這詩多使我們驚訝哩。

這詩多麼古怪哩。

我們不喜歡這詩，它不美，它沒主題，它含意凌亂，我們只喜歡這樣的詩，像

這首〈有這樣的一類聽眾〉：

他們不喜歡柔和的旋律，
不了解交響樂為甚麼有第二樂章，
他們只聽過進行曲和合唱。

他們以為樂隊裏有些樂器多餘，
英格蘭笛和別的管樂都該收藏，

鼓手該拿和指揮一樣的薪俸，
鐃鈸也能使人意志昂揚。

他們聽「命運」時高聲喝采，
他們把番茄和雞蛋擲給蕭邦，
有一件事情他從沒聽過，
寫「一八一二」的作者也寫了「悲愴」。

這才是我們喜歡的詩，這是我們習慣的，看它，形式整齊，押韻工整，意象明朗，主題正確，諷刺深刻，比喻淺白。

這是民國四十七年七月四日的事，〈傘〉發表在《周報》的「穗華」版，彷彿是來自另外一個宇宙的異客。但到了今天，五十三年七月二十四日的今日，我們早已明白，〈傘〉所表達的那個穿了破皮鞋（所以像兩隻青蛙躲在鞋裏走一步唱一步），撐着傘（擎着房子走路）的流浪漢的神態已經很貼切都「給」了出來了，而詩的情趣，又是何等清遠、單純哩！

詩。

（二）夏

甚麼是詩？這是詩，這也是詩嗎？

寫甚麼呢？怎樣寫呢？

許多的同學都把信塞到《周報》了。自從〈傘〉以後，許多同學的問題多起來了，彷彿在〈傘〉以前，人人都會寫詩，而忽然地一下子誰也不會寫詩了。《周報》的「詩之頁」是民國四十一年七月五日創刊的，那時候，人人會寫詩，整整齊齊的四行一段，準準確確地一三、二四行押韻，正正經經地主持正義，打抱不平，歌頌自然，而忽然地，誰也不會寫詩了。而甚麼才是詩哩？機器的聲音和現代人的步伐，看不懂解不來的才是詩嗎？

（三）夏天以後

以後又怎樣？

「詩之頁」以後又怎樣？

「詩之頁」是同學們的，請大家寫詩來吧，不是寫別人的詩，而是寫自己的詩，以後，我們每期刊登創作的詩，報告詩壇的動態，介紹當代的國外詩人（恕我們不介紹莎士比亞，也不介紹雪萊拜倫了，因為他們的介紹的文字早已印成厚厚的書了哩），介紹現階段的中國詩人，介紹詩，介紹詩集，等等。那麼，「詩之頁」歡迎甚麼樣的詩呢？我們分開ABCD四項告訴大家（舉例的詩全部在「詩之頁」刊登過的，作者姓名都略去了）。

A 蘋果和瑪琍亞

拉飛爾喜歡瑪琍亞，畫他的古典，他的瑪琍亞。

塞尚喜歡畫蘋果，畫他的現代，他的蘋果。

有人喜歡拉飛爾，有人喜歡塞尚；即是：有人喜歡古典，有人喜歡現代。

這裏有兩首詩（都是「詩之頁」刊登過的）。你說哪一首古典，哪一首現代。〈南〉古典嗎？那些詞字，那些絲竹管弦都很古典的，但是詩的節奏、語法，卻又十分現代，我們是在從現代中表現古典，用古典來表現現代呢，這詩，我們喜歡。

〈三稜鏡〉現代嗎？一立方吋，一CC，一泡沫，就像塞尚量度蘋果一般，但是，我們立刻又遇上咸陽古道、漢家陵闕了，寫詩的時候，詩人甚至不在中國，而在美國的愛奧華大學。

「詩之頁」不堅持現代，不捨割古典，但是作為二十世紀的一分子，我們不寫現代寫甚麼呢？

主要的是寫甚麼，然後再說用甚麼方式。

用詩的形式，詞的形式，五言或七言，詩體或白話，那是形式問題。

主要是寫的甚麼。

便去南方
去聽絲竹管弦
琵琶的幽怨
奏中聲以為節

亦如九曲迴廊
南蠻鴃舌
高潮疊着高潮
八音克諧

謂其斷髮紋身
舜卻彈五弦
且為南風之歌

曰思無邪

南，列於南
詩雖言志
而聲亦可依永
不風也不雅

一立方吋之我
一CC之我
一泡沫之我

——〈南〉

騎一匹黑驪馬於咸陽古道
聽落日的喇叭吹醒漢家陵闕的
五陵少年，是我
塑一尊銅像做紀念

將祖國的小陽春溺斃在
早餐桌上冰牛奶之北極海的
留學生，是我
寫他的名字在水上

而乘着哥倫布號的超光速火箭
向遠到不可能回航的處女星系的
太空人，是我

且為他預往空葬

——〈三稜鏡〉

B

巴黎　長安　雅典　洛陽

布穀在林子裏唱着
俳句般的唱着
那年春天在淺草
藝妓哪，三弦哪，摺扇哪
多麼快樂的春天哪
（伊在洛陽等着我
在蕎麥田裏等着我）
　俳句般的唱着

林子裏的布穀

茉莉在公園中開着
點畫派般的開着
那年春天在巴黎
塞納河哪，舊書攤哪，囂俄哪
多麼美麗的春天哪
（伊正在洛陽等着我
在蕎麥田裏等着我）
點畫派般的開着
公園中為茉莉
烏鴉在十字架上棲着
「愛倫．坡」般的棲着
春天我在坎塔西

紅土壤哪，傷逝哪，亡靈哪
多麼悲哀的春天哪
（伊在洛陽等着我
在蕎麥田裏等着我）
「愛倫．坡」般的棲着
十字架上的烏鴉

——〈蕎麥田〉

我們說月亮裏有嫦娥。
他們說：月亮是戴安娜。
嫦娥美還是戴安娜美？如果我們說嫦娥美，我們是中華民族的可愛的子孫了吧！如果我們說戴安娜美，我們是否把李商隱去謀殺了呢？

巴黎長安雅典洛陽。

〈蕎麥田〉裏唱出來的是巴黎，塞納河哪，舊書攤哪，囂俄哪；〈蕎麥田〉裏唱出來的是東京，淺草哪，藝妓哪，三弦哪，摺扇哪；〈蕎麥田〉裏唱出來的是北美，坎塔西哪，紅土壤哪，但是〈蕎麥田〉唱着洛陽。

我們不偏袒西方，不卑視東方。我們是在寫詩，不是在寫方向。

我們需要萬花筒式的詩，能夠容納很多宇宙的詩域，就像我們需要放開網，捕捉最多的魚。

C　So Lo So Me 和定音鼓

說：冬天來了
　　灰色的謠言散播着
我哪，是駝了背的春
　梅雨，掃墓日……

然而——
我，我不是墳墓啊
埋着火種。唉
火種深埋着
起火的人很遙遠，遙遠得
窺不透我的憂鬱

嚼些兒綠洲罷
我會去丈量那大戈壁的
我還會
斗膽地量一量蒼空

——〈梅雨季〉

那是鴿鴿　那是炭炭
就在鴿鴿上面　炭炭上面
天空不肯藍

還是那年的風景呀
小小的早晨　胡琴風笛們
呼呼叫；一瓶一瓶的螢火
迷藏掉
紅玫瑰還是只開了一個小小的早晨

這是很新鮮的　在羅馬街
這麼早　已經把新聞
編好

就是沒有誰解釋過
最有歷史性的
理髮店　捨得把大鏡子晃成
碎片；一個波希米亞風采的
咖啡壺　怎麼塞滿了一肚皮
泥土

——〈羅馬街・一九四六〉（節錄）

So La So Me 是歌。平安夜是歌詞。唱歌的時候，重要的是旋律不是字。

詩不是歌也不是詩歌。

〈羅馬街・一九四六〉是歌。讀起來有 So La So Me 的感覺，雖然在描寫戰爭，但詩質稀薄，詩柱脆弱一如玻璃。

我們需要定音鼓一般沉潛的節奏，展示堅固的面貌，像〈梅雨季〉。

D　樹葉和茶

時間
爬過了
平原與山野
掠過了
春的草原
夏的怒潮
秋的稻浪
冬的冰塊
而
凍結了一個時間的段落

展開一個日子的生
「新」
在每一個人的意識裏
填充滿了美麗的憧憬
它像一串明亮的葡萄
引誘起了人們的貪欲
更像湖水一樣的安詳
迷戀着遊子們的心腔
讓一切真善美的事物
在新的日子裏
給予人們的鼓舞
而那叛逆的阻力
該讓它隨着舊的日子

留在後面
很遠很遠的後面

——〈新〉

零下十六度，愛斯基摩之冬困我以北極的玻璃圓頂。
逆航於大寒流中，我瞭望自鼻尖
——堅而銳的破冰船首。

宇宙倦了，擲鉛球的巨臂
拋不動人馬座的太陽，
自東南向西南，只劃了一道
無力的弧，三十九度。

而俯窺於教堂塔尖的黑女巫
厲聲地冷笑了。
四點三刻，我吃驚地回頭，
尼格羅的夜拍我於肩後。

每天，我駛去信箱的凍港守望——
望你的郵船載來
南中國海的柔藍與鳳凰木的火把
與一根細細的北回歸線，
做我的小提琴弦。

——〈冬之木刻〉

一塊樹上的樹葉，那當然不是一杯茶。從一塊樹葉變成一杯茶，還需要一種過程。

風景擺在眼前，詩思升自靈感，都不是詩，而是詩的生絲生鐵生礦。一條牛站在田裏，並不等於我們的雙足已經踏進了皮鞋。

我們需要詩的茶，詩的茶來自詩的樹葉，但別把樹葉當作茶送給我們。

〈新〉是樹葉。〈冬之木刻〉是茶。

——《中國學生周報》，一九六四年七月二十四日。

真難真難

詩嗎？真難寫。現在的一些詩也不知怎的，就是難寫。有的人是寫甚麼現代詩的，我們好不好也寫現代詩呢？想的，想的，但是，甚麼是現代詩？我看過一些現代詩，看完了懂也不懂，我的老師也不懂，我的爸爸也不懂。他們都說，這種詩不好不好，不是詩。既然那些不是詩，我當然不寫了，而且，我也不會呀。

那末，要不要寫詩呢？人家李白不是照樣寫詩，他可不是寫我們現在這種現代詩；人家徐志摩不是也照樣寫詩，他也不是寫我們現在這種現代詩的；但李白啦、徐志摩啦，照樣是詩人。當然，當然，寫寫現代詩的痖弦是詩人，但不寫現代詩的李白、徐志摩一樣是詩人呀。喔，我想我明白了，詩是有很多種的，你寫你的，我寫我的。你做你的詩人，我做我的詩人。我不喜歡你的詩，就不寫你的，寫我自己的；你不喜歡我的詩，就不寫我的，寫你自己的。對了，我們大家一齊寫，各寫各的，各找各的神。

應該讓一些人去寫現代詩，應該讓一些人去寫李白詩，其他的人隨自己高興。力匡詩有甚麼不好，還記得他的「青蛙跳下水去了，不再喧鳴」嗎？頂可愛的。王辛笛的「送你，送你」和「看板橋一夜之多霜」又瀟灑極了；就算冰心，她的〈紙船〉，噯，許多人現在還寫不出哩。

神是只有一個的。聖經上不是說過：你們祈求，就給你們。尋找，就尋見。叩門，就給你們開門嗎？只要祈求，尋找，叩門就可以了——以各人自己的方式。

——《中國學生周報》，一九六五年四月二日。

走進詩的闊門

你是知道的，我本來在替南南寫畫家與畫，但是，我想了想，還是喜歡詩多些，就跑到這裏來了。

你喜歡寫詩嗎？我喜歡極了，如果你也喜歡極了，那麼來吧，我也寫你也寫，大家一起寫，把個「詩之頁」擠個半死豈不開心。我說，我們大家一起多寫點詩，把個「詩之頁」擠得眼睛鼻子縮在一堆，擠得它氣也透不過來。贊成不贊成？

那麼，寫甚麼詩呢，我提議從頭來，因為誰知道甚麼才算詩呀，學書法的時候當然先對九宮格玩砌圖遊戲，學彈鋼琴當然先看蝌蚪上樓梯。寫詩嘛，也得從頭來。

我們要一行行來。詩是用字寫的，字合起來就是詞，詞合起來就是句，句子合起來就是段，段合起來就是篇。詩嘛，也是一篇篇的，有的人叫它一首首。詩也不叫一段段的，叫做一節節。一節節裏面的字不叫一句句，叫一行行。現在，就搞好這些的一行行再說。

一首詩是多少行呢？那是隨人高興的，起碼就是一行。但是，很少人老是用一行做一節，通常總是有兩行，許多人都寫過很可愛的兩行一小節的詩，我們就從這裏開始。

先看看向明寫的一首〈門〉：

讓可憐的盆景驕傲室內的優遇吧
種子的兩頁綠扉是要開向風雨的

關不住的呀！當歌鳥輕啄銅環的時候
關不住的呀！當春雷吆喝起程的時候

這首詩就是用兩行做一個詩小節的，全詩不過是四行，共兩個詩小節，但是，寫得很好，簡簡單單的，明明朗朗的，又很有意思。還有，這首詩的第一節字數一樣，第二節的字數又一樣，寫詩的向明實在是很用心的哩。

覃子豪是個寫詩很努力的人，他的〈詩的播種者〉也是用兩行的結構的：

意志囚自己在一間小屋裏
屋裏有一個蒼茫的天地

耳邊飄響着一隻世紀的歌
胸中燃着一把熊熊的烈火

把理想投影於白色的紙上
在方塊的格子裏播着火的種子

火的種子是滿天的星斗
全部殞落在黑暗的大地

當火的種子燃亮人類的心頭
他將微笑而去，與世長辭

看，這首詩不是很好麼，它講詩人努力寫詩，默默死去，就像覃子豪自己。這首詩比向明的長了，一共有五個詩小節，但長詩和短詩一樣是可愛的詩。詩當然最好短，因為越短就越純，越短就越精。看紀弦怎樣寫〈戀人之目〉吧，他說：

戀人之目
黑而且美

十一月
獅子座的流星雨

就是這麼的兩小節，就是這麼的四行，一共才十八個字，但是戀人的眼睛是怎樣的，像甚麼，都表達完了。

余光中寫的〈她的微笑〉也是很短的：

流星一閃
曇花一現
彩虹漸隱
琴聲漸停

很短的，但也很有詩意的，對不？詩其實用不着深，用不着甚麼現代不現代，用心寫，嚴嚴肅肅就行的。用兩行作為一個詩小節的詩中，我很喜歡楊喚的〈詩的噴泉之七〉的那首〈日記〉：

昨天，曇。關起靈魂的窄門，
夜宴席勒的強盜，尼采的超人
今天，晴。擦亮照相機的眼睛
拍攝梵．谷訶的向日葵，羅丹的春

雖然一共用了四個典（四個人，和他們的作品），但讀起來很有勁，詩裏面充滿了許多東西，但四行詩就將世界容納在裏面了。

下一次的「詩之頁」就打算發表這種兩行詩小節的詩，大家多寫點來好了，我已經跟編輯說過了，五月廿日截稿。

——《中國學生周報》，一九六五年五月七日。

列表：刊於《星島日報》的詩論

下列五篇原刊《星島日報》，因膠卷已舊，不少字跡模糊，難以卒讀，僅錄篇目。

	篇名	日期	筆名
一	〈基本的小節（上）——談新詩的創作之一〉	一九五九年二月二十八日	藍馬店
	〈基本的小節（下）——談新詩的創作之一〉	一九五九年三月二日	
二	〈獨立的短體（上）——談新詩的創作之二〉	一九五九年三月二十五日	
	〈獨立的短體（下）——談新詩的創作之二〉	一九五九年三月二十八日	
三	〈二元的分行（上）——談新詩的創作之三〉	一九五九年五月六日	
	〈二元的分行（中）——談新詩的創作之三〉	一九五九年五月九日	
	〈二元的分行（下）——談新詩的創作之三〉	一九五九年五月十三日	
四	〈組合的音拍（上）——談新詩的創作之四〉	一九五九年十月十九日	
	〈組合的音拍（下）——談新詩的創作之四〉	一九五九年十月二十一日	
五	〈繪塑的外形——及其他——談新詩創作之五（上）〉	一九六〇年三月十二日	
	〈繪塑的外形——及其他——談新詩創作之五（下）〉	一九六〇年三月十四日	

左手之思

西西 著

何福仁 編

責任編輯　張佩兒
裝幀設計　簡雋盈
排　　版　楊舜君
印　　務　周展棚

出版　中華書局（香港）有限公司
香港北角英皇道四九九號北角工業大廈一樓B
電話：（852）2137 2338
傳真：（852）2713 8202
電子郵件：info@chunghwabook.com.hk
網址：http://www.chunghwabook.com.hk

發行　香港聯合書刊物流有限公司
香港新界荃灣德士古道二二〇—二四八號
荃灣工業中心十六樓
電話：（852）2150 2100
傳真：（852）2407 3062
電子郵件：info@suplogistics.com.hk

版次　二〇二三年七月初版
二〇二四年八月第二次印刷

規格　三十二開（190mm × 130mm）

ISBN　978-988-8860-41-8